U0716990

邓·云·乡·集

文化古城旧事

图文精选本

中华书局

图书在版编目（CIP）数据

文化古城旧事：图文精选本/邓云乡著. —北京：中华书局，
2024.8. —（邓云乡集）. —ISBN 978-7-101-16737-5

Ⅰ. K291

中国国家版本馆 CIP 数据核字第 202431EB45 号

书　　　名	文化古城旧事（图文精选本）	
著　　　者	邓云乡	
丛 书 名	邓云乡集	
策划统筹	贾雪飞	
责任编辑	黄飞立	
装帧设计	刘　丽	
责任印制	管　斌	
出版发行	中华书局	
	（北京市丰台区太平桥西里 38 号　100073）	
	http://www.zhbc.com.cn	
	E-mail:zhbc@zhbc.com.cn	
印　　　刷	北京中科印刷有限公司	
版　　　次	2024 年 8 月第 1 版	
	2024 年 8 月第 1 次印刷	
规　　　格	开本/787×1092 毫米　1/32	
	印张 9⅞　插页 9　字数 130 千字	
印　　　数	1-5000 册	
国际书号	ISBN 978-7-101-16737-5	
定　　　价	69.00 元	

出版说明

邓云乡（1924.8.28—1999.2.9），当代著名作家、民俗学家、红学家。1936年初随父母迁居北京，1947年毕业于北京大学中文系，1956年因工作调动定居上海。

邓先生出身于书香世家，少年迁居北京后，于长辈亲族处耳濡目染，且游走于俞平伯、谢国桢、顾廷龙、谭其骧等前辈学者间，对旧京遗事、燕京风物、北平民俗等熟谙于胸，在著作中娓娓道来却让人耳目一新，被谭其骧先生称为"不可多得的乡土民俗读物"，是呈现书香文脉、补益时代人文的优秀文化读本。同时，邓云乡先生长期从事《红楼梦》研究，以着重生活风物、服饰饮食等考证著称，更因《红楼风俗谭》一书成为87版电视剧《红楼梦》唯一的民俗指导。

邓先生学养深厚，笔耕不辍，著作等身。2015年中华书局出版的《邓云乡集》17种，囊括了他绝大部分著述，出版以来广受好评。今在其百年诞辰之际，推出图文精选本，择其代表著作中迄今仍引领阅读风尚者，每册约取六至八万文字，配以相关必要图片，以便读者借助文史大家的提点，便捷地领略中华民族博大精深的文化魅力。

中华书局2015版《文化古城旧事》包括"学府述略""环境气氛""学人轶事""艺苑杂记""医院名医""校景情思""假期生活""渔阳鼙鼓""沧桑而后"九部分，今选"学府述略"11篇，"学人轶事"全部24篇，以见其书大旨。若读者希望完整了解《文化古城旧事》一书，请阅读邓云乡先生原作。

中华书局上海聚珍编辑部

2024年7月

目　录

学府述略

学人轶事

"文化古城"这一词语，是一个特定的历史概念，是在一个历史时期中人们对北京的一种侧重称谓。其时间上限是一九二八年六月初，盘踞在北京的北洋政府最后一位实权者张作霖及其国务总理潘复逃出北京开始；其时间下限是一九三七年七月"七七事变"之后，宋哲元率其部属撤离，北平沦陷为止。中间十年时间，中国政府南迁南京，北京改名"北平"，这其间，中国的政治、经济、外交等中心均已移到江南，北京只剩下明、清两代五百多年的宫殿、陵墓和一大群教员、教授、文化人，以及一大群代表封建传统文化的老先生们，另外就是许多所大、中、小学，以及公园、图书馆、名胜古迹、琉璃厂的书肆、古玩铺等等，这些对中外人士、全国学子，还有强大的吸引力……凡此等等，这就是"文化古城"得名的特征。

学府述略

北　大

　　我是一九四七年北京大学文学院毕业的。我常常想，这样说，实在感到惭愧，因为这几乎不能算是真正的北大，既不能比"七七事变"以前"老北大"的正规，又不能比院系调整之后"新北大"的光荣，只不过也算是北大毕业的而已。我仰慕前者的"正规"，但未敢攀比；我羡慕后者的"光荣"，也无法分沾。在此我介绍文化古城时期的北大，按道理说，实在也是没有资格的。但是，既然动笔写了，又不能避而不谈，也只能明知其不可为而为之了。好在我也总算在红楼上过课，在天字楼和西斋睡过觉，在沙滩、汉花园、松公府夹道出出入入过，走过不少前辈们走熟了的道路，听过不少前辈学人的教导，也听过不少白头工友们讲说的自京师大学堂以来，多多少少的轶闻……"欢笑情如旧，萧疏鬓已斑"，昔年的听人谈古，今日的供我思旧，参阅文献，抒发幽情，已足可以写一篇老北大的述略了。

详细地介绍北大，自可以写一本洋洋大观的书介绍它的历史，但我没有那个力量，只就文化古城时期的北大，约略谈谈，自然也先要谈到一点它的开创情况。从历史上说，最早李端棻于光绪二十二年奏请筹办未允；其后创议筹办，是光绪二十四年，孙家鼐任管学大臣，管理大学堂事务，经费由户部筹拨；其后不久，许景澄为总教习，丁韪良为西学总教习；光绪二十六年，许景澄升任管学大臣；及庚子之乱，辛丑（一九〇一年）许景澄被杀，那拉氏、光绪自西安回到北京，派张百熙为管学大臣，吴汝纶为总教习，将原属外务部专学外国文的同文馆也并入大学堂，制定了详细的规章、制度，创办了我国比较完善的第一所国立大学。当然这时的京师大学堂自然无法和后来的北京大学相比，但这在当时毕竟是从无到有的新生事物，而且打下了一定的基础，后来的北京大学则是在此基础上发展起来的。后来人们很少提到张百熙对创建北京大学前身京师大学堂的作用及其影响，一九四七年九月十二日叶恭绰写给胡适的信中说了两件事，一是说大学堂时代在城外瓦窑地区买过二千亩地，为胡提供一信息。另一点则说：

> 北大之成年，自系蔡先生之功，惟创始之张冶秋先生惨淡经营，亦为不刊之事实（各校舍仍多系张手所办）。且张先生于开通风气，倡导教育，厥功甚巨，似宜于校内留一纪念，方合公道。关于此点，赞成者甚多，但迄未具体化，可否由公成就此事？

所说校舍，即既包括原有的马神庙和嘉公主府（俗称"四公主府"，乾隆第四女），也包括北河沿译学馆、汉花园以及西斋、东斋等这些老北大最基本的校舍。如果北大还保留下这些校舍，随便在哪里给张百熙留一

▼ 1930年代景山北海航拍，照片右下角就是老北大校园

个小纪念室；或一块小石碑，似乎也不为过，但是后来北大校舍变化太大，这些旧事也就不必多说了。

　　不过如果严格说北京大学的校名，那自然要从蔡元培说起。所以信中首先说明"北大之成年，自系蔡先生之功"。因为是自他老先生长校时，"京师大学堂"才改名为"北京大学"，同时开创了北大特有的学风。这对后来的北大以及整个中国文化思想界都极为重要，不过这些在各种专门著作中，介绍的都很多，在这篇短短的述略文章中，也就不再多说了。文化古城时期的北大，自然是继承了这一传统的。不过在这一时期的开初，却也并不太平，有两件事应该提一提：一是一九二七年八月东北军阀头子张作霖派刘哲改组北大，改名为"京师大学校"；二是北伐之后，李石曾在当时已改称"北平"的北京，搞"北平大学区"，要把北京大学的文理学院改称"北平大学文理学院"，把北京大学法学院改称为"北平大学社会学院"。前一事，持续了八九个月，直到东北军阀势力退出北京，北京大学才恢复校名。后一件事，经北大学生团结一致反对，才保留住"北京大学"的校名，在此时期，名义上仍是蔡元培为校长，另以哲学系主任陈大齐代理校务，称"北京大学院长"。直到一九三〇年末，北平大学区已取消了，南京派蒋梦麟来任北大校长，到一九三七年"七七事变"之后流亡到昆明，与清华、南开并作西南联大，这是文化古城时期北京大学相对稳定的时期。

北伐之后，政府迁到南京，北京改名为"北平"，废弃了沿用已五百多年的地名，一下子回到大明永乐以前"北平府"的老名字，想想当时的统治者是很滑稽的，由于"京"改为"平"，于是这也"平"、那也"平"，"京剧"改为"平剧"，"京话"改为"平话"……这中间唯有"北京大学"和"北京饭店"保存了原有的"京"字，前者是学生抗争的结果，后者则是因为洋人的关系了。

有人说：北京大学的鼎盛时期是一九二七年以前，上溯到"五四"前后，那个时代北京大学在蔡元培的领导下，人才济济，百家争鸣，自由研究的学术空气极浓，形成一代学风。自然这是有历史原因的，文化古城时期，历史条件发生了很大变化，北京大学情况自不可与鼎盛时期同日而语了。

其不同处，一是鼎盛时期的一些名教授，在前述几次动荡中，陆续离北大而它去，著名的文学院的沈尹默、沈士远、沈兼士、马衡，以及林公铎、朱希祖、刘叔雅、黄季刚、吴虞等名家都离开北京大学，或到外地，或到其他单位；法学院的王世杰、高一涵、皮宗石、燕树棠等位创建了武汉大学，也都南下了。著名地质系的教授翁文灏、朱家骅等位都到南京做官去了。这样文化古城时期的北京大学，在教授阵容上，则略逊于"五四"到一九二七年这个时期了。其不同处，二是在思想、学术的争论上，已大不同于前一时期，共产主义领导人物陈独秀已离京，李大钊已牺牲；代表封建旧文化的林琴南、辜鸿铭等人亦均已成为历史人物；新的对立面不明显。况政治中心南迁，不久又发生了"九一八事变"，各种政治环境已迥不同于过去了。文化古城时期的北大，也正如当时流行的顺口溜所说："北大老，师大穷，清华、燕京可通融。"似乎是已经"老"了，实际当时它也不过是"而立"之年已过罢了。

一九三〇年末，蒋梦麟以南京政府教育部长的资格来做北京大学校长，蒋梦麟早期就担任过北大教务长，而且代理过校务。他和蔡元培先生都是绍兴人，长期协助蔡孑民先生工作，一九二九年十二月三日蒋梦麟有致胡适信云：

▼ 蔡元培（左）和蒋梦麟是北大早期历史中非常重要的两位校长

　　我的用意，是把大事化小事，小事化无事。只要大事能化为小事，小事不至于变为大事，我虽受责备，亦当欣然承受。至于为人"掮末梢"，我在北大九年，几乎年年有几桩的，也掮惯了。事到其间，也无可如何了。

　　这封信是答复胡适的。当时胡适在上海任中国公学校长，蒋梦麟任教育部长，而当时教育部给中国公学一"训令"，说胡适"非唯思想没有进境，抑且以头脑之顽旧，迷惑青年，新近充任中国公学校长……实属行为反动，应将该胡适撤职惩处"，并说"查胡适近年以来刊发言论，每多悖谬"等等，后面有部长某某。胡适为此写信给蒋梦麟，蒋便回了他这封短信。信中可见蒋的处世态度，也可见他与北大的多年老关系。在此后一年，他便来任北大校长，胡适做了两年中国公学校长之后，也回到北大来了。

蒋梦麟任北大校长时，初期尚有预科，最近接台湾居住之前辈贾维榘世叔信中说："我于一九二七至一九三三年在北大六年，预科二年，本科四年读经济系……"他是资深"立委"，今年已八十五岁，正是蒋梦麟长校时的学生。大概这是预科最后一届。其后即只有本科了。文、理、法三个学院，理学院在马神庙，俗称"二院"；文学院在沙滩红楼，俗称"一院"；法学院在东华门北河沿，简称"三院"。文学院院长胡适，理学院院长刘树杞，法学院院长周炳琳。这一时期前后在北大任教的名教授，如徐志摩、刘半农、马裕藻、钱穆、朱希祖、钱玄同、周作人、孟森、冯承钧、黄晦闻、丁文江、李四光、冯汉叔、汤用彤、梁实秋、杨钟健、章演群、罗常培、魏建功、郑天挺、饶毓泰、曾昭抡、张景钺、叶公超、莫泮芹、贺麟、吴大猷、朱汝华、钱思亮、王恒升、王烈……文、理、法各个学科的名家，简直数不胜数。还有著名的外籍教授葛利普（A. W. Grabau）在地质系，教梵文、印度古宗教史的钢和泰（A. Von Stäel-Holstein），真可以说是人才济济，不过于今除一二位鲁殿灵光，硕果仅存者外，大部分已成为《录鬼簿》中人矣。

北大当时的经费，据一九三二年五月十三日胡适致《探讨与批判》社函中云：

北平国立各校的学、宿等费本来就是最轻微的，然而实际上能收到学、宿费的有几个学校呢？北京大学每年预算九十万，但全校学费（除了灾区、国难区免费之外）只有一万二千元。只占千分之十三而已。

当时九十万元银元，可折合九千两黄金。其时全校人数不多，不过一千几百人，按人数比例，是相当充裕的。但是经费一遇到积欠，就比较困难了。"九一八事变"之后，北平学生闹学潮，南下请愿。南京政府忙于应付，经费不能按时汇来，蒋梦麟因学潮及经费问题，与周炳琳联袂离校，南下上海，在天津转津浦车时，写给胡适和傅斯年的信道：

> 我这回的离校，外面看来，似乎有些突如其来，其实不然。枚孙和我两人，商量了不知多少回才决定的。学校的致命伤在经费的积欠、教员的灰心。两位也知道好多教员，真是穷得没有饭吃。第一批学生南下的时候，我们两人已议决了把北大放弃不办。……一个学校要办好，至少要有四五年的计划。第一年的计划，不到三个月就破坏。现在简直今天计划不了明天，还有什么希望呢！学生的跋扈——背了爱国招牌更厉害了——真使人难受。好好一个人，为什么要听群众无理的命令呢？

不过这次蒋梦麟南下之后，过了没有多久，又回到北大了。其后几年中，除正常办学之外，在基本建设上，还盖了图书馆新楼、学生宿舍楼、地质研究所新楼等。据《胡适来往书信选》下册附录所载《蒋梦麟致何东》函抄件中云："敝校初名京师大学堂，创设于前清光绪二十四年（一八九八）。民国成立改为北京大学，至今已有三十七年之历史，为全国创设最早之大学，设备之周，规模之巨，为全国人士所称许……惟是全校校舍虽有千数百间，大多岁月悠久，不能适用。○○就职以后，竭力筹划，先后落成图书馆、地质学馆两所，费用银二三十余万元。又学生宿舍一座，费银十余万元，尚在建筑中，正在计划犹未兴工者为：（一）课堂、（二）大礼堂、（三）或大礼堂兼体育馆，估计建筑费，课堂需银二十万元，大礼堂需银十万元，如兼体育馆须增加十万元，亦为二十万元……殊难筹措。无已惟有从事募捐……"我四十年代后期在北大读书时，这些建筑物都还很新，图书馆二楼楼梯转角处厕所门的玻璃扶手还雪亮，这都是蒋梦麟氏长校时所经营的了。但礼堂、体育馆等一直未盖起来。另著名的红楼，据《知堂回想录》记载，也是民国五年借比国仪品公司二十万建的。

文化古城时期北京大学的制度和学风，是继承了"五四"以来的传统，对学生是非常自由的。学校从来没有什么点名制度，无所谓什么"旷课"等等。学习全是靠自觉的。自然考试十分重要，进来时靠考试成绩，顺利升级、毕业均靠考试成绩。如果不及格，留级、开除，那是谁也没有办法的。

文化古城时期的北大，相继去世了几位有世界名望的学人，那就是因飞机遇难的徐志摩，到内蒙调查得了传染病去世的刘半农，突然在湘南意外去世的丁文江，因脑溢血突然死在课堂上的马隅卿，这些就都不只是北大的损失，也是当时学术文化界的重大损失了。

短短的一篇文章，不可能把文化古城时期的北大介绍全、介绍细，只留下一个简略的影子吧。

清 华

　　清华，是文化古城学界中的"天之骄子"。在前文介绍北大时，我曾引用了当时流行着的几句话道："北大老，师大穷，清华、燕京好通融。"这几句话前两句话好理解，后面是什么意思呢？是说一些名家闺秀们，各校女生中，在考虑终身大事，物色婚姻对象时，北大、师大毕业生均不在眼中，最好是欧美留学生，不然清华、燕大的毕业生还可"通融通融"，也就是差强人意了。从这几句谚语中，可以看出当时清华的社会声誉，不过遗憾的是，记得这几句话，而且明白它意思的人，如今都已经老了。

　　庚子一仗，打垮了那拉氏的"大清"，而倒霉的是

全国老百姓，给八国赔款白银四亿五千万两。美国应分到三千二百多万两，合美金二千四百多万元，山姆大叔把这笔钱中的一部分分三十年"退还"中国，指定用于文化教育事业，当时正是张之洞以军机大臣兼领学部的时候，他是讲洋务的元老，于是外务部和学部合议，以此款选派人才留学美国，并在西郊清华园兴建校舍，筹办"留美预备学校"，一九一一年春建成，因学校建在清华园，校名便叫"清华留美预备学校"，分中等、高等两科，开始招生。考生名额按省分配。一九二一年停办中等科，一九二五年改为大学，一九二八年正式定名为"国立清华大学"。

清华大学的得名，是因为"清华园"。说到这点，我不禁想起一个笑话：近六十年前，我还在北国山村作顽童时，我当时已去世姑母的独子，我的表兄在北平河北十七中毕业后考上清华，消息传来，也震动了小小的山村，一位老学究在街头向村人讲说道："什么叫清华呢？清就是大清，华就是华盛顿……"人们听他说得头头是道，十分佩服他的学问，若干年后，我明白了"清华"的意思，还常常想起这位老学究的形象，那样认真而古朴，也想到古语所谓以"法眼观之，是俗皆雅"，细思是十分有情趣的，又何必辨其正确与否呢。

现在海内外都知道清华的校园景色是极为美丽的，都以"水木清华"四字来赞美它。这是引用东晋人谢混《游西池诗》中的句子，原诗是"水木湛清华"，清华园是当得起这句诗的，这个优美的校址，可以说是神仙也欢喜的地方。北京西郊在自然环境上得天独厚，玉泉山一股水流至瓮山（即今万寿山）下一大片平原上，不但形成了一个粼粼碧波的昆明湖，而且形成了一个小小的水网地区，"丹凌沜"。早在明代，万历生母李太后的父亲武清侯李伟，就在这里修了一座大花园，因其有水有木，水木明瑟，便用谢混这句诗，名之为"清华园"，从此在西郊留下了"清华园"的地名。到清代雍正、乾隆之际，以"万园之园"的圆明园为首，这片小小的水网地区，便出现了一个园林群，澄怀园、蔚秀园、承泽园、朗润园、近春园、熙春园等等，清华校址虽然是在地名清华园村庄的旁边，实际则是建筑在近春园、熙春园的旧址上，这里有乔木，有流水，有芳草，有弦歌，校园广阔，水木清华，于今整整七十多年了。

自从一九二八年政治中心南迁后，直到"七七事变"，北平市面上全靠一些学校来点缀，其中以清华的钱最多，最可靠。三十年代中，有人写文章介绍说：单是厕所手纸一项，每年就要开销银元三千元（后改"法币"），如果住在北京饭店嫌水汀不够热，那就请到西郊清华来住，保险你在零下二十度的严寒时，在室中穿件羊毛衫就很舒服；如果你觉得北京饭店的冰激淋还不够可口，那你也请到清华来，南门外不远成府（村名）街上小铺中的三毛大洋一杯的冰激淋，包你满意。这据说是燕京司徒雷登都称赞过的……

清华的校舍在外观上虽然没有燕园未名湖畔的绿琉璃瓦、画栋雕梁的楼台漂亮，但是在实质上比燕京的好得多，在全国说来，当年是罕与伦比的。先说面积就有一千多亩。潘光旦先生在《清华初期的学生生活》中写道：

一所千把亩的王爷园子里住上起初只二百几十个学生，最多的时候也不过五六百人，居住与游息的条件是足够宽敞的。铁床、钢皮绷、厚草垫，四个人一大间，另有自修室……图书馆里的座位一直有富余。池边、林下、土山坡上的石磴，到处是读书游息的好去处。满园是花木，九秋的菊花，除园艺工人广泛地培植外，又有一位姓杨的搞斋务工作的职员出色当行地加以指导，尤为量多质美，据说极盛的一年曾培育到两百个品种。

记得每年暑假回家，一到开学期近，就一心指望着返校，说明学校的吸引力实在很大。每年也有不少边远省区的同学留京度假，学校则把他们安排在西山的卧佛寺、大觉寺等处，也是十分幽胜的地方。……校园的西邻圆明园，当时虽早已成为狐兔的窟穴，而破碎的琉璃砖瓦，片断的白玉雕栏，纷纭狼藉，遍地都是，"寿山"还相当高，"福海"还相当深，乃至"大红门"还像个门，"西洋楼"还像座楼……成为课余假日闲步的一个最好去处。

至于说到那数不清的房子，自然是几十年中陆陆续续造起来的。如以"七七事变"作为一个期限，那最早建造的是工字厅，最后落成的是航空馆，在这些建筑物中，值得一提的是非常多的。

首先是体育馆，这在当年，不要说在北京，即在全国说，也可能是独一无二的。这是在马约翰老先生主持下兴建的，在大操场西面，坐西面东，正门前有

▼ 清华大学西体育馆

一片台阶，门脸也不算高大，但是里面却极为讲究：进门后，门庭正面是室内篮球场，高级打蜡柚木地板，左手是健身室，有鞍马、吊环、单双杠等设备，更可贵的是左手进去的室内游泳池。当年北京室外游泳池，也只有中南海北门内、绒线胡同崇德中学、台基厂交民巷使馆俱乐部等三处，而这里却在室内，一年到头保持着温水，即使在三九天，燕山飞雪、滴水成冰的时候，这里也是温暖宜人，如果有豪兴，尽可脱去衣服，跳下去游个痛快好了。但说也奇怪，当年却很少有人进去游，同学中不少都不会游泳，因为我很少见到里面有许多人在游，看来"清华人"当年的功课确是太忙了。据传著名物理学家萨本栋氏，在清华读了八九年书，却从没有去过颐和园，有人笑他是书呆，有人却赞他是"不窥园"的苦学者，究竟谁说的对呢？人生似乎太矛盾了，但清华学生的苦学精神的确是惊人的。

游泳池人不多，图书馆人却很多。斜立在工字厅东北面的图书馆大楼，像一个伸开两臂的母亲，要把清华园的赤子全部抱在怀中一样。那意大利大理石的高台阶，年年月月，不知踏过多少脚印，而后来这些脚印又从这里出发，遍及世界各地了。

清华的校园，约略可以分作三个部分。由西门进来，顺着柏油马路走，到正门时，这是三个部分的中心，清华进城的校车，每天从早到晚几次停在这里，按钟点开进城去。进城之后，先是停在西单"亚北号"糖果点心号门前（在西单菜市南面一点），到西城各处的人都在这里下车。然后是到东城米市大街青年会门前，这是终点。返程仍由这里开，走东、西长安街再在"亚北号"门前停一下，等人上齐，再回清华正门前停下，大家下车，学生回宿舍，教职工回自己的家。由此往南，是南院，是教授、讲师、职工的生活区，往北进大门，是真正清华大学所在地。这又可分为两大部分：偏东面，以工字厅办公处、罗马式的圆顶礼堂、图书馆三处为中心，周围各个教室楼，各个工程馆，这是教学区；偏西面，以大操场、体育馆为中心，周围是各个宿舍楼、食堂等同学们的生活区。

清华园离西直门十八里地，当年西郊未修柏油路时，出西直门，经关厢、高亮桥、黄庄、海淀，再往前向东拐弯到清华，交通不算方便。所以不但学生全部住校，就是各位教授，也都住在学校中，有不少人城里有家，清华也有家，如俞平伯先生，城里东城老君堂有"古槐书屋"，清华园教授住宅中又有"秋荔亭"，即先生《秋荔亭记》中所说："若秋荔亭，则清华南院之舍也。""南院之舍"，就是南院教授宿舍，如

▶ 北大沙滩红楼。红楼始建于1916年，1918年落成，是1918年至1952年期间，北京大学的主要校舍所在地之一。

水木清华

今世界知名学者中，在这里卜居过的大有人在吧？

清华的学生宿舍，也是以"斋"为名，男生宿舍如"明斋""诚斋"及后来建的"新斋"等，女生宿舍叫"静斋"。这些"斋"都是红砖砌的三层楼，两个人一个房间，房中有壁橱，床都是小的可拆卸的钢丝床，冬天全部水汀，有一位名"任浩"的在旧时《宇宙风》上写文章介绍清华宿舍说："整个冬天，从十一月到翌年三月，在清华室内都像是夏天，睡起来盖一条薄被就行了。"这话是一点也不假的。

在清华住宿，其好处还不完全是在物质上，更重要的是其情调好，风格好，先不说这些天南海北的莘莘学子们住在一起，终日弦歌之声，多么热情，多么爽朗，又多么用功！就是站在三楼朝西的窗口上，朝着那四时变幻的西山望去满目秀色，就够你思念一辈子的了。平伯先生清华园诗云："骀荡风回枯树林，疏烟微日隔遥岑。""遥岑"非"遥"，能不思念清华乎？

文化古城时期的国立清华大学，每学年招生，报名数大约都有几千人左右，而录取只是四百名，不要看比例数不大，要知这几千名的报名者，都不是泛泛之辈，因清华录取标准较高，不自量力的人是很少的，而"强中更有强中手"，在这几千名角逐者中，能名登金榜可想是多么不容易了。三十年代初，是旧时清华角逐的鼎盛年代。当年以赋得《梦游清华园记》《我的衣服》等题目而名登金榜的人，现在都已是年近古稀了。

三十年代北京各大学，放暑假很早。一九三七年"七七事变"时，各个学校都已放暑假了，清华园中，学生大部分都已不在学校，外省的同学，都已回乡，工学院一部分同学，正在各处实习，如土木系三年级的人，正在山东济宁梁山泊边上作水利实习。还有一些北京有家的同学，都已进城，卢沟桥炮响，抗日开始，当时只说是短暂地离开清华园，暑假之后，便可回来重看西山秋色的人，此时伤心地失望了。清华大学师生们负笈南行，先是湖南长沙，又是云南蒙自，最后在昆明和北大、南开三校组成西南联大，直到抗战胜利复员。

"清华园"走不了，留在日本侵略者的铁蹄下，敌人一度把她作为伤兵医院，体育馆喂养战马，在明斋、新斋等处住伤兵。在那些年代里，工字厅前的春花，海棠含泪，丁香惹愁；静斋南边荷塘中，菡萏萎谢，翠盖凋零；礼堂的罗马式的圆顶默默地对着燕云；图书馆前白色意大利大理石台阶上，再没有夹着讲义的人站在那眺望西山落日；旧日的工友，不少都住在附近的成府街上，有些没有跟着流亡到昆明，真像圆明园大火之后的宫监一样，见到人就想说说昔日的繁华，成府街上的各种小铺、小饭馆、洗衣局、奶子房，怀念着熟识的主顾。成府街上，开始还有"燕京"的人，后来"燕京"的人也没有了，真是寂寞了。

沦陷期间，城里的人不再谈清华园，似乎把它忘了，没有这个地方了，但没有忘了清华，不但没有忘，而且时时在思念她。只是"清华、燕京好通融"的话，此后真成为历史语言了。

文化古城时期的北大，蒋梦麟做校长，做了不少事，但后来专做官去了，胜利后未再回北大。而文化古城时期的清华，人们要思念它的校长梅贻琦氏。他本来是清华教务长，一度赴美任清华学生留美监督处监督。一九三一年归国任清华校长，直到一九三七年。在大动荡的局面下，为清华在教学、科研、学风、人才等方面创造了极为辉煌的成就。开创了"教授治校"的制度，最大限度发挥了教授的智慧和作用。他在就职演说中有句名言："所谓大学者，非谓有大楼之谓也，有大师之谓也。"迄今仍为人所称道。抗战胜利，"清华人"又回到了清华园。梅贻琦校长也回到了清华园。一别九年的清华园，又是水木明瑟，花柳宜人，闹闹嚷嚷，弦歌不辍。直到一九四八年十二月梅氏去了台湾，在新竹又办起了一所清华大学，有人喻之为"一水分流"，探本寻源，从一九一一年建校到今年已经是七十多岁了。

　　如果"清华"是个人，那当然已是年逾古稀的老者，但是她是一所学府，"水"涓涓而不息，"木"欣

▶ 梅贻琦校长

▶ 1946年的清华大学"二校门"（现为重建）

欣以向荣。正如二六级校友赠给母校那幅大匾上所书的四个大字"人文日新"，她是永远不会老的。长江后浪推前浪，一代新人换旧人，遥想现在清华园中欢蹦乱跳的小姑娘、小伙子们，如果同第一代"清华人"现在还健在者相比，那足可以作他们的曾祖父了吧。

清华的毕业生，估计应不少于五万人，可说遍及世界各地，最早的老前辈，如以年龄计算，都是九十多岁的人了。不知现在几位姗姗玉骨，犹驻人间？在此向他们寄以遥远的祝福吧！二十年代的"清华人"，现在都是八十岁的老人了，还有不少健在者，而且有的人还在那里工作呢。如陈岱孙老先生即其中之一。他一九二〇年毕业于清华，现任北大经济系主任，几年前，北大还为他举行了任教五十四周年和八十寿辰的庆祝会。此外，科学院副院长周培源，现任清华大学副校长赵访熊也都是二十年代的清华毕业生。

三十年代的清华人，那就更多了，算年龄，年纪大的，七十来岁，年纪小的，只有六十多岁，至于六十岁以下的人，那在清华校友中，还是小弟弟呢。

说清华的校友中人才济济是当之无愧的。著名的学者、教授、科学家很多。科学家如竺可桢、段学复、叶企孙、萨本栋、钱三强、张子高、杨石先、梁思成、钱伟长、吴仲华等，文学家如洪深、闻一多、曹禺，语言学家王力等，都是大名鼎鼎、卓有成就的人物。此外，一些知名的学者如熊庆来、华罗庚、马寅初、朱自清、吴有训、陈寅恪、钱学森，美国的赵元任、李政道、杨振宁、林家翘、陈省身、任之恭也分别是清华各期学生或培养的公费生、资助生。清华的成就及其贡献之大，在中国各学府中，可说是无与伦比的。

水木清华七十余年中，文化古城时期曾是它的一段值得怀念的金色时期，这金色的旧梦，留在多少人的记忆中呢？荷塘的月色，西山的晚霞，工字厅前年年春天烂漫枝头的海棠和丁香，永远留在旧梦中吧。

师 大

"师大穷"，这是实际情况，不少师范大学的学生，都是寒家子弟，贪图师大不收学费、杂费、住宿费，而且还管饭，就是吃饭不要钱，伙食也还不坏。这样人们又给"师范大学"起了个诨名，叫"吃饭大学"。这些优惠条件，在穷学生看来，是十分重要的。

在文化古城时期，前一阶段，货币还用银元，社会上流通的钞票都能兑现。后一二年，因南京政府采用"白银政策"，大都市都不再流通银元，但也基本上未影响物价。在整个文化古城时期，外省来北京读大学的学生，每年最少也要二百元，包括学费、伙食、宿费、书籍、衣着等，如江南各省，一年回一趟家，那还得再加上百元旅费。当时一个月伙食费六元，就吃得不错；如七元，标准就很高了。当时清华大学每月伙食七元。而旅行费用很贵，一张去上海三等车票二十二元八角五分，等于三四个月的伙食费。这样一般学校，如北大、北平大学等国立大学，一般节约一点的学生，一年也得用二百五十元左右（包括回家路费）。这点钱如在官僚地主、大资本家、高级工薪阶层，都不算什么；如一般工薪阶层，家就在北京，可以回家吃住，也无所谓。而在外地农村，或中小城市，一个家庭每年拿出二百多元现大洋，这就是一个十分庞大的数字。不要说贫苦农民、指身度日的工匠办不到，就是小地主、小生意人，薄有财产，拿这笔钱也不容易。当时南北各省，中小城市，五口之家，每月有固定二十元大洋收入，就能过很不错的日子，又如何能罄全家所有，供一个大学生上学呢？师范大学，管吃、管住、管读书，一个外地穷学生，考上师大，每个月连伙食带住宿最少可省十元钱，这样就省多了。而且毕业之后，保险可以当个中学教员。就可以赚百数块大洋的薪水，就家境贫寒的人说，这一辈子养家糊口，就不成问题了——自然，那时天真的穷学生们，不会想到十年、二十年后的战争、通货膨胀，教员变成"四大贱物"之一，所入不但不足以养老婆孩子，甚至连自己也养不起。不过这是沦陷若干年后的后话，暂时可以不表。回过头来还说文化古城时期的"师大穷"。

师大虽穷，但仍和北大、清华、燕京并列，说明它还是一个水平、一条线上的，即都相当难考，毕业后职业有保证。在文化古城时期，全国就业区域还十分广阔，还未到"毕业即失业"的惨境，国立大学毕业生，就职条件及起薪都有明文规定，基本上可以得到保证。燕京虽非国立，但因美国教会关系，就业更无问题。师大毕业生，遍布全国，各地的中学教员几乎是他们全包了，同学援引，势力也较大。所以"虽穷"，考的人仍很多，不但成绩好的穷学生争着考，即使经济条件好的也是要考师大的。

师范教育就世界教育史讲，是一项特殊教育，说得简单些，就是为了培养各级师资，因而才兴办各种师范学校。北京师范大学的最早历史，可以上溯到"京师大学堂师范班"，那是光绪二十八年（一九〇二）的事。一年之后，即一九〇三年，张之洞等厘订学堂章程，"师范班"按制脱离京师大学堂，设置"北京优级师范学堂"，辛亥之后，改名为"北京高等师范学校"，简称"北京高师"，有国文、史地、英语、数理、理化、博物六个学部。当时中学四年，大学预科二年、本科四年，共六年。高师修业四年，毕业后只能教中学。高师另设研究科，如再入研究科两年，也就等于大学本科毕业了。其研究科先设教育、数学、化学，后来"学部"改称"学系"，各系均有六年制，体制日渐充实。改为"北京师范大学"，是一九三二年秋季，中学学制由"四二"制改为"三三"制而后改变的。中学"四二"制是日本式的，即中学四年，高等二年。"三三"制是美国式的，即初中三年，高中三年。我国旧制高等都归入大学预科，中学改为"三三"制，大学取消预科，"高师"也改为学制四年的大学本科。称作"北京师范大学"，也就名正言顺了。

首任校长是湖南湘阴人范源濂氏，字静生，曾任北洋政府教育总长，是早期著名教育家，在美国考察后回来接任。亦因经费问题困难而辞职。后来福建人邓萃英（字芝园）氏也曾担任过一个时期校长。一进校门左手有罗马式廊柱的图书馆，就是邓萃英氏长校时修建的。其间易培基也担任过一届校长。

文化古城时期北平师范大学校址，一般说是在和平门外新华街右侧。这里其实在高师时期，还是很偏僻的。内城人要到这里来，必须出前门或出宣武门，由西河沿过来，再一转弯才能到。因为那时和平门还没有开，和平门是民国十四年（一九二五）段祺瑞时代开的。自此之后，师范大学门前四通八达，是通衢大道了。

校址最初建造，是在清代末年，这块空地，还是琉璃厂琉璃窑旧址，在康熙、乾隆年间，这一带面积广阔，所谓"东有五斗，西有方壶"，空地是很多的。后来琉璃厂、厂甸虽然成为著名的文化街、庙会区，但偏北面，空地仍很多，清末在这片空地东面盖了五

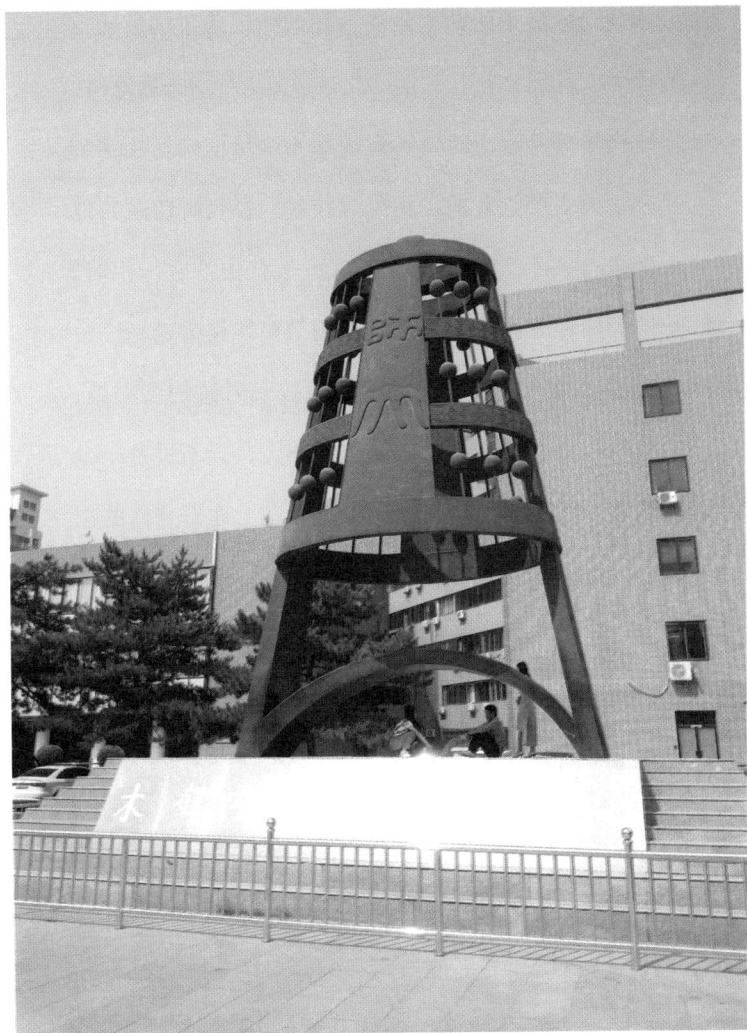

▶ 今日北师大校园内的"木铎金声一百年"纪念铜塑

城学堂，即后来的师大附中。在西面便盖了优级师范的校舍，直到一九五三年，北京师范大学尚未搬迁时，修建房屋开基取土时，还发现了不少琉璃砖瓦及磨制瓦浆之大古磨盘数座。但师大校址，在当时比起其他大学来，并不大，老实说来，还是有些"穷"相的。一进大门，北面传达室，南面警卫室，往前走，一个不大的广场，左首便是邓萃英做校长时建的图书馆，虽然有四根罗马式的柱子，但并不大，只不过是一个两层楼。既比不上清华八字形意大利大理石装修的图书馆，也比不上北大新建四个大阅览室的图书馆气派。藏书自然也是较少的，虽然离琉璃厂很近，而琉璃厂书铺的大学图书馆售书对象，则是北大、清华、燕京等校图书馆，师范大学是不大提起的。

穿过一进校门图书馆前的小广场，继续往西走，先是一排平房，中间穿堂门，再进去，是一个狭长条的大院子，四角有四座曲尺形的两层楼，是老式的十分高大、宽大的楼梯和走廊，这就是主要的教学楼了。教室、试验室都在这里。在这组建筑群的北面，偏东一组小灰砖楼及平房，是教学行政区，校长室、秘书、教务、庶务等处都在这里。正北平房院落，有小门进去，是女生宿舍。在西北隅，是饭厅、大厨房，饭厅南面、东面都有门，南面正门进去，迎面墙上挂一大红木镜框，里面是碗口大的正楷写着朱柏庐《治家格言》"一粥一饭，当思来处不易；半丝半缕，恒念物力维艰"等句子。据一位京师大学堂师范班优级师范首届毕业生回忆，伙食早餐粥和面食，午晚两餐，每桌八人，六菜一汤，冬季四菜一火锅，荤腥俱全。提调舍监、事务科长、高级职员和学生一道吃，坐在主座，合乎古语的"大烹养士"的礼仪。文化古城时期，师大伙食基本仍然如此，每桌八人，但是四菜一汤，每周有两天菜特别丰盛，烧牛肉、炖肉、四喜丸子之类，平时则是肉丝、肉片类的荤菜。虽然够吃，并不富裕。八人一桌，座位也较挤，北大、清华一般都是六人一桌。因诨名"吃饭大学"，不免说到食堂，就把伙食多说两句。

中心教学楼的南面，西南一隅，有琴房、体育系，还有一个挂名的风雨操场，十分简陋，只是一个洋铁顶的仓库而已，不但无法与清华、燕京有打蜡地板的体育馆比，连教会中学汇文的风雨操场也比不上，倒真是符合"穷"的身份。师大有体育系，这个简陋的风雨操场，不但要供体育系同学鞍马、单、双杠等术科锻炼之用，而且还派大礼堂的用场。《鲁迅日记》一九三二年十一月二十七日记云："午后往师范大学讲演。"这次讲演就是在这个简陋的风雨操场中举行的，临时因人多，容纳不下，搬到外面操场上露天举行。不少有关文献中，都印有这次讲演的照片，虽经一再翻版，但仍清晰可见，听众人虽多些，但也并不是多得不得了，但那个风雨操场便容纳不了，也可见其不但简陋，而且很小了。其实外面操场也并不大，不够标准场地（即四周四百米跑道，中间一个标准足球场）的面积。

操场东面，有几排平房，自成院落，那是体育系、音乐系、工艺系、地理系等学系男同学宿舍。在文化古城时期，师范大学在图书馆南面，临新华街，盖了一个学生宿舍楼，大房顶、青砖青瓦、三层、"丁"字形，是比较新式的，同清华的宿舍差不多，取名"丁字楼"，有胡适题的匾，本色木纹，字填洋绿，十分古雅，和那青砖楼房十分协调。每室四人，有铁皮床、壁橱、纱窗、水汀，冬天十分舒服，但是夏天就苦了，那壁橱缝中全是臭虫，一点办法也没有，害得人整夜不能入睡。

文化古城时期的师范大学，校址建筑仅此而已，和北大、清华、燕京等等，是无法比拟的。在高师时期，还有一个"女高师"，在石驸马大街。在一九三一年和"男高师"合并。所以在文化古城时期，就只有一个国立北平师范大学了。当时是三个学院：文学院，国文系、英文系、历史系；理学院，数学系、物理系、化学系、地理系；教育学院，教育系、体育系、音乐系、工艺系。共三学院、十一学系，符合当时大学制度的规定。

师范大学的教授阵容，相对说，没有清华、北大名人多，阵容强，但毕竟是国立大学，历史悠久，也相当可观。最早在优级师范时期，请过不少日本教师，后来当教育总长、师大校长的范源濂，当时是日本教师的助教、翻译。范氏是清末长沙时务学堂学生，留学日本，并在日本创设法政、师范诸科速成班，还带湖南女学生十二人留学东京，是最早的日本女留学生。范氏后来对师范教育影响甚大。在他任师大校长时，师大已有不少名教授，到了文化古城时期，有些早已离开师大，甚至离开北平，但也还有不少知名之士，如国文系的钱玄同、高阆仙、黎锦熙，历史系的李泰棻、王桐龄，物理系的文元模，音乐系的柯政和等位，都是很有名的专家。只是其中个别的后来做了汉奸，但这是后话，在文化古城时期，还只是名教授耳。

文化古城时期师大，担任校长时间最长的是李蒸。一九二八年北伐之后，李石曾想把持北平大学教育，组成北平大学区，但不到一年，北京大学便脱离了这组织，北平大学区便废止消失了。师范大学也恢复原来名称，独立成一大学，名义上由李石曾任校长，由李蒸代理。李石曾，国民党元老，河北高阳人，在法国多年，代表教育界北方势力。李蒸，河北滦县人，留法归来，年青有为，很得李石曾赏识，便代李石曾为实质上的师大校长。与南京上层关系，自然还靠李石曾力量。但在"九一八"之后，朱家骅任南京教育部长，师大学生呼吁抗日，掀起学潮，朱便部令停止招生，想停办师大。这样李蒸到南京，作政治活动，参加核心组织，负责回北平"整理师大校风"，这样国立北平师范大学就完全由李蒸负责。李蒸担任校长，直到"七七事变"。李蒸在抗日战争胜利后，是北平三青团负责人，解放时，他是南京和谈代表之一。

文化古城时期的师范大学，为当时各地中学培养了大量教师，英文、国文、数学、理化、生物，以及音乐、体育、图画各方面都有。师范大学在毕业时，除去写论文之外，还要经过两个多月的试教，试教的地方，就是本校所属男、女附中、附小，都是北平教学质量最好的学校。师大毕业生在教育界的力量是很大的，不少著名中学，所有高、初中教员，几乎清一色都是师大毕业生。毕业生首先要服务于教育界，这一要求，也是师范大学的规定。"饭"毕竟不是白吃的，有权利，也有义务，这本来也是公平合理的。

师范大学离著名的古老文化街极近，出校门往南走不上几十步，就是厂甸、琉璃厂，本来可以受到很好的影响，不过在文化古城时期，大学中也往往是新的影响大，古老的影响小，师范大学未能涌现出版本、目录、文物鉴赏、书画等名家，细想起来，也十分辜负这近水楼台了。

北平大学

　　在文化古城时期，北京地名改为"北平"，而且成立了一个北平大学。抗日战争胜利之后，北平大学没有了，消失了。半个多世纪过去了，现在了解北平大学的人已经不多，青年朋友看书遇到这些旧事时，又常常把北平大学和北京大学混淆起来，这是不对的。因而介绍文化古城时期大学概况，在谈完北大、清华、师大之后，接下来就应当把北平大学介绍一下。

　　要弄清北平大学，首先应该明确两个问题，即一要明白北平大学是一个组合体，而且是一个十分松散的组合体，原不是一个学校，也不在一个地方，是一个时期，隶属于一个校名的几个学院。二要明白当时的历史条件，学校制度。即大学体制，每个能称作"大学"的高等学校，必须要有三个学院，而每个学院，又必须有三个以上的学系。而"大学文凭"与"学院文凭"，对于一个毕业生说来，不只是名义上好听不好听，而且在正式薪金待遇规定上，也大不一样。因而把几个学院组合起来，共同戴一顶"大学"的桂冠，而且又是"国立"的，这对学生、教员、校长说来，也都是各有利弊的。对学生说来，利多些；对各校校长说来，就不免还有不便之处，因为各位院长之上，还有共同的婆婆。

北平大学是哪几个学院的组合体呢？即工学院、医学院、农学院、法商学院、女子文理学院，这五个学院，各有各的校址，各有各的历史。简述之，即工学院创建于清末光绪三十年，北洋政府初期叫北京工业专门学校，后期叫北京工业大学，校址在西北城祖家街端王府夹道，清末由农工商部直辖，民国后改隶教育部。医学院创建于民国元年十月，最早叫"国立北京医学专门学校"，一九二四年改名为国立北京医科大学，一九二七年改名国立京师大学校医科。校址在和平门外后孙公园。农学院创建于清末光绪三十一年一月，初名京师大学农科，后来改名为北京农业专门学校，后来又改名为北京农业大学，校址在阜成门外罗道庄。法商学院是由北京法政专门学校，后来改名北京法政大学，以及其他学校法科、商科等合并组织起来的。历史悠久的也创建于清末光绪三十一年，校址在国会街。女子文理学院原来是女子大学，校址在朝内大街北小街。另外后来北平大学在李阁老胡同还有本部，也有不少学生。因此可以看出所谓"北平大学"是庞然大物的多元复合体，但其组织又是松散的，矛盾也是很多的，在它由成立到结束的不到十年中，闹过许多学潮、新闻。要约略介绍其经过，还得要从历史背景的演变说起。先引一小段文献。一九三一年八月三十一日，刘半农先生写的《五年以来》一文中道：

那时国立九校还没有合并，北平有九个国立大学校校长。私立大学也比现在多到一倍。却因国立大学的经费积欠至数年之多，私立大学本无固定经费，以致北平的大学教育，整个儿的陷于"不景气"的状态之中，讲堂老是空着，即使有教员上课，听讲者也不过"二三子"而已。牌示处的教员请假条，却没一天不挤的水泄不通。现在的北平各大学，虽然还没有整顿到理想的境界，比到从前，已经大不相同了。

这一小段文字，概括地说明了文化古城时期前一阶段学校情况的变化。先说"那时"两字，是指什么呢？是指北洋政府的最后阶段，在武力上，皖系失败，直系疲敝，奉系较强，奉系军阀张作霖得势的时期，张学良为奉军第三军团长，张宗昌为奉军第二军团长，直系王怀庆为京师卫戍总司令，处决《京报》主笔邵飘萍、逮捕《世界日报》主笔成舍我，刘半农编副刊，为此也离家躲了起来……总之，这个"那时"是文化事业奄奄一息，十分恐怖的时期。那时的所谓"国立九校"，就是北京大学、师范大学、女子师范大学、工业大学、农业大学、法政大学、医科大学、女子大学、艺术专科学校。这九所学校都由教育部拨款，因而谓之"国立"。其时尚有以"庚款"为经费的清华、外交部办的俄文专修馆、交通部办的交通大学、财政部办的税务专门学校，这些学校各有专款，只叫"公立"或"部办"，而不叫"国立"了。清华也直到后来，才加"国立"二字。

张作霖一九二七年六月自称安国军大元帅，从北沟沿顺成王府设立大元帅府，来到中南海怀仁堂就职。俨然国家元首自居，因为他是想要做"大总统"的，先仿照孙中山先生的先例，称为"大元帅"。潘复在张宗昌、孙传芳推荐下组阁，任内阁总理，外交王荫泰、内务沈瑞麟、财政阎泽溥、教育刘哲……这时张作霖下了一条特殊命令，让刘哲执行，就是合并"国立九校"为京师大学校，以刘哲兼任校长，以胡仁源、张贻惠、毛邦伟、孙柳溪、林修竹等为各院院长。宣布了一系列的禁令：禁止使用白话文、禁止学生集会请愿、教员缺课要扣发薪金、处罚学生可用戒尺打手心等等……北京学界一时笼罩在武装力量压迫的阴云之下，著名学人纷纷离京南下，或出国考察，林语堂、鲁迅等人，早在一九二六年夏、秋间已先后离京，胡适也已出国，顾颉刚一九二七年也已到了广州中山大学，四月二十八日写给胡适的信道：

> 从仰之处知道先生将于四月底到上海，此信到时，想来先生已归国了。我以十年来追随的资格，挚劝先生一句话：万勿回北京去。现在的北京内阁，先生的熟人甚多，在这国民革命的时候，他们为张作霖办事，明白是反革命。先生一到北京去，他们未必不拉拢，民众是不懂宽容的，或将因他们而累及先生。

从顾氏信中，可见当时北京学界的情况。张作霖做大元帅时，也正是北洋政府穷途末日、财政极端困难时期。他手下大将长腿将军张宗昌霸占山东、直隶（河北）两省，一九二七年不到一年，用去五千多万银元军饷，都是用公债、地亩捐、直鲁军用票从农村敲诈来的，只供他挥霍，而兵士们照样欠饷。张作霖的内阁只有八十万行政费，他的总理兼财政总长把财政部的人员裁撤得只剩下二十人，成为笑话奇谈，在行政费这样紧的情况下，"国立九校"不合并没有钱，合并了还是没有钱，经费名义上有，但无钱发，只是"欠"着，这就是刘半农信中所说的"国立大学经费积欠至数年之多"的实际情况。

经费问题，是一个十分重要的问题。北洋政府后期，因军阀连年混战，官僚贪污，钱都被打仗和贪污弄光了，教育经费，长期拖欠，丝毫没有保证。北伐胜利，军阀垮台，张作霖大元帅做不成了，匆匆离开北京，回东北老家，在皇姑屯被日本人炸死。南京派阎锡山军队接管京、津，宣布北伐成功，全国统一。在此新旧交替之际，北京各学校经费更无人来管。直到一九二八年七八月间，才把经费来源具体落实，即李石曾与宋子文谈判商定：由天津海关和长芦盐务署按月拨三十万元，给北平各大学作为固定经费。这样直到"七七事变"，北平几所国立大学的经费，得到较长时期的保证，但这是与北平大学的建立，有直接关系的。其远、近原因有如下述：

在北伐军在长江流域节节胜利时，国民党元老李石曾即筹划如何在军事胜利之后，取得北方教育大权，便与张静江、吴稚晖等仿效法国大学区的办法，在中国建立大学院、大学区。李石曾名煜瀛，石曾是字，是清代同治帝老师李鸿藻的第五个儿子，清末留学法国，加入了同盟会。在法国办过"勤工俭学会""里昂中法大学"等，在政治上、教育界，以及兴办各种事业上，均有一定声望。北伐时，已是国民党中央委员。南京政府成立之初，于一九二七年六月间，先设立了"大学院"，以蔡元培为院长，请了一些只发干薪，不必上课、上班的教授，鲁迅先生就是其中之一。《鲁迅日记》一九二八年一月三十一日记云："下午收大学院泉三百，本月份薪水。"

同年六月，李石曾与易培基提出建议，改北京大学为"中华大学"，分设文、理、法、工、农、医六学院，北上接国立九校。后因北京大学师生坚决反对，通电抗争，李石曾又建议因北京已改称北平，便应改北京大学为北平大学。后又确定全国划四个大学区，北平、江苏、浙江、广州四区。以北平、天津、河北、热河为"北平大学区"范围。大学本部总管全局，管理各高校，各校合并统一称为"北平大学"，下设学院，其计划合并之学校及新名称如下：

北京大学文学院、保定河北大学文科合并为"北平大学文学院"，院长陈大齐；

北京大学理学院改为"北平大学理学院"，院长王星拱；

北京大学法学院、北京法政大学、河北大学法科、天津法政专门学校合并为"北平大学法学院"，院长谢瀛洲；

北京工业大学改为"北平大学第一工学院"，院长俞同奎；

天津北洋大学、天津工业专门学校合并为"北平大学第二工学院"，院长石树德；

北京农业大学、河北大学农科合并为"北平大学农学院"，院长崔步瀛；

北京医科大学、河北大学医科合并为"北平大学医学院"，院长徐诵明；

北京师范大学改为"北平大学第一师范学院"，院长黎锦熙，后改张贻惠；

北京女子师范大学、北京女子大学合并为"北平大学第二师范学院"，院长徐炳昶；

北京艺术专门学校改称"北平大学艺术学院"，院长徐悲鸿。

另北京俄文专科学校改为"俄文专修馆"，北京大学预科改为"北平大学文理预科"，还有国学研究所，分别由段懋棠、刘复（半农）、沈兼士主持。

北平大学校长办公处在中南海怀仁堂西四所，校长李石曾，副校长李书华，先是萧瑜代理秘书长，后来由成舍我任秘书长，以上这些人选，不少都是留学法国的。

以上是最早北平大学的组织机构和人选。但这并未成为事实，因遭到强烈反对，不久就同"大学区"的实施失败一样，被迫取消了。后来"平大"即本文前面所说的各个学院了。

北京大学、师范大学护校成功，脱离北平大学自去恢复各自的老传统，这些情况，在前面已作过介绍，不再赘述。剩下其他一些学院，仍用北平大学的名称，但因各自原是独立的，自有其历史及人事基础，勉强合并在北平大学的名义下，是困难重重、矛盾百出的。其中有几件闹得比较严重的事，分别略作介绍。

一是女子文理学院和法学院争校舍案。

一九二五年五月间国立北京女子师范大学因反对校长杨荫榆，闹得不可开交。以章士钊为总长的教育部下令停办北京女子师范大学，并将改设女子大学，布告云：

查北京女子师范大学业经令行停办，派员接

收到案，本部现将该校改设女子大学，筹备处正在积极进行……

在女子大学开办的同时，另一方面有教授和学生联合抗争，组织校务维持会，仍然继续女子师范大学的名称，一度在宗帽胡同租房子临时上课，后又回到石驸马大街原址，这时章士钊等人已下台。但女子大学一方面，又不肯让步，一些学生反抗女师大，两次呈请警察厅驱逐女师大，发表宣言要索回校址。这样在一九二六、一九二七年之间，北京就有两所女子高等学校：一是北京女子师范大学，一是北京女子大学。到了北平大学时代，女子师范大学后来并入师范大学去了，女子大学就成了问题了。经过请愿交涉，也是一次风潮，最后取得不拆校、不并校，保持原组织的胜利。周作人《知堂回想录》在《女子学院》一文中记这一段史实道：

　　……因为女子学院乃是后来改定的名称，它的前身实在即是章士钊、任可澄在女师大的废墟上办起来的那个女子大学。……北京旧有的学校也经过了一番改组……大学各学院长乃由李石曾派下的国民党新贵来担任。经利彬做了理学院长，张凤举做了文学院长，但是他们却不能一帆风顺地到任，因为政府取消了北京大学的名义，北大出身的都很反对，而且有些人在国民党政府里颇有势力，所以这种气势是不可轻视的。因此北京男女师大以及农工各专科已经次第开学，北大的文理两院拒绝新院长去接收，一直僵持着，院长不能到院倒已罢了，中间却有第三者也吃了亏，这便是预备着归并到北大文理两院里去的旧女子大学学生了。因为当时有历史的关系，既然不能把她们并在女师大，只得将她们分为文理两组，并合到北大里边去，现在北大不能开学，所以她们也连带的搁了浅。新院长聘定刘半农为国文系主任，温源宁为英文系主任（余从略），预备先办文学分院，给她们上课，校址设在西城根的众议院旧址。但是刘半农辞不肯就，张凤举和我商量，叫我代理半农的主任职务，安排功课，我就答应了。随后半农给我打电话来，说女子大学是我们所一向反对的，怎样给他们去当主任？责备我不应该去；我当即答复他，从前虽然是女子大学，可是现在改组了，我们去接收过来，为什么去不得？我还劝他自己去，可是他还是不同意，但是没得话说了。后来他究竟去做了女子学院的院长，可是并不固执原来的意见了。这个机关起头叫作文理分院，里边两个院主任，分治其事，随后在保存北京大学后，作为北平大学女子学院，又改为女子文理学院，但那时我却不在那里了。

文理学院的开设是在众议院旧址，那就是后来法学院的第一院，可能是一时借用的，可是法学院一再要求归还，因为难找到适宜地方，迁延下来到第二年春天，那即是民国十八年（一九二九）也就是"五四"的十年后了。法学院终于打了进来，武力接收了校址，教员们也连带的被拘了小半天，给我有写一篇愉快的散文的机会。而学校却因祸得福，将破烂的众议院换得了一座华丽的九爷府，本是前清的旧王府，后为杨宇霆所得，女子学院由杨家以廉价租来的，至今岿然在朝阳门大街的北边，是科学院的一所办公地址。担任过女子学院院长的有经利彬、刘半农、沈尹默，那是以北平大学校长兼任的，最后是许寿裳，随后这学校即就没有了。

当时法政大学武力接收女子学院占用的众议院，似乎收复失地一样，是十分热闹的一件新闻，周氏有一篇《在女子学院被囚记》专记此事，写得十分有趣，无冲淡风而有辛辣味，是苦雨斋另一种风格的文字，在此未便多引了。当时被拘的教员除周氏外，尚有沈士远、陈达、俞平伯、沈步洲、杨伯琴、胡浚济、王仁辅、溥侗，以及唐赵丽莲、郝高资二女士，这些人因被无理拘留，还特地去质问过北平大学副校长李书华，但无论怎样逼，也没有一句负责的话，如同泥塑木雕的菩萨，客人种种责难，主人还是必恭必敬地陪着，到深夜而无倦容，涵养功夫是十分了不起……年代久远，早成历史，当时被拘的人，现在均凋谢殆尽，鲁殿灵光，只剩下一位俞平伯老先生了。

其二在女子文理学院被武力接收校址事件而外，尚有俄文专修馆一次波澜。这原是外交部办的一个学校，并入平大，开始仍叫原名，学生反对，要求升为学院，且反对李石曾派来的段憩棠接收，也闹罢课，天天派代表请愿，闹到深夜，最终获得解决，改称为"北平大学俄文法政学院"，后来也没有了，至一九三六、一九三七年之际，只有"北平大学法商学院"了。

另外的一些纠纷，也不必一一细述了。当时除"军阀"之外，还有"学阀"的名称，即凭借教育界的势力，掌握一些学校，操纵一些教员、学生，形成力量，兴风作浪，你争我斗，北平大学是几个不同学校的组合体，所以大小争斗的事件更多，一九三二年六月间钱玄同写给胡适的一封信，有几句道：

> 说也好笑，今午在一个地方吃饭，有人卒然问曰："北大闹学潮了吗？怎么忽然登《晨报》停止招生呢？"我闻而大惊，索《晨报》阅之，果见

大学广告，因有某君先入之言，竟对于那么大的一个"平"字熟视而若无睹，以至急急忙忙地打电话问你，岂不可笑！实在也因为这两天我心乱急了，愤慨极了。常常想：平大要轰沈尹默，干师大底事！师大要易寅村等人做校长，又干平大底事！师大要易与平大驱沈，又干北大底事！而他们竟联合战线的那样闹，实在可恨之至……我只希望北大永保其不牵入此无聊之学潮中……

从钱、胡信中，亦可见当时北平大学之混乱情况了。这种情况到一九三四、一九三五年之后，相对稳定一些了。当时在国立各大学中，平大比较好考一些，在一九三五年时，其在校人数据资料记载，是这样的：

李阁老胡同北平大学本部学生一千六百余人，和平门外后孙公园医学院一百二十多人，阜外农学院二百二十多人，国会街法商学院五百一十多人，端王府夹道工学院二百八十多人，女子文理学院人数不详。

北平大学几年中还是培养了不少学生的。"七七"

之后，内迁到西北，抗战胜利，未能复校。工、农、医三学院并入北京大学，国会街法商学院作为北京大学先修班，文化古城和北平大学均已成为历史名称了。

北平大学几个学院，实际是各自独立的几个学校，为了清楚，现把各院简史略述于后，作为本文附录。

法商学院：清末将太仆寺街进士馆，改为法政学堂。民国元年，合并法政、法律、财政三校为北京法政专门学校，邵章首任校长。民国十二年，改组为北京国立法政大学，江庸任校长。十四年拨顺城街虎坊桥参、众两议院旧址为校舍，太仆寺街原址设预科。民国十五年，解散中俄大学，收编该校学生为俄文政法系。民国十七年，北平大学成立，改为北平大学法学院，谢瀛洲任院长，设法律、政治、经济三系。民国二十三年合并商学院，改组为法商学院，白鹏飞任院长。

工学院：校址在北沟沿祖家街端王府。光绪二十九年筹建京师高等实业学堂，于神机营分所建校舍，绍英为监督，分机械、电气、矿学、化学四科，学生先补习二年，再转入正科三年毕业。民国元年，改为高等工业学校，校长洪镕，分机械、电气、化学三科，后又增机织科。民国十二年改组为工业大学，十三年开学，俞同奎任校长。民国十七年，北平大学成立，改为北平大学工学院，院长先为马君武，后为张贻惠。

医学院：最早为前清医学实业馆，地址在虎坊桥西北，正门在后孙公园，民国以后，汤尔和创办医学专门学校，后门在八角琉璃井。有解剖实验室、化学实习室、病理组织实习室、内科检查室、助产练习所。民国十三年改为医科大学，洪式辟为院长。民国十七年后改为北平大学医学院，徐诵明为院长。民国十八年拨背阴胡同审计院旧址筹办附属医院，是当时北平仅次于协和的一所设备较为完善的医院。徐任平大校长后，医学院院长吴祥凤继任。

农学院：前清宣统元年，学部奏拨望海楼附近罗道庄官地一段，办农科大学，民国元年，校舍落成。

民国三年，改为农业专门学校。分农科、林科，有图书馆、林场。农科分农业经济学、农业化学、植产学、牧学四门，林科分林政学、造林学、利用学三门。民国十一年，购南口三岔峪等处土地一千一百亩，筹建第二林场。民国十二年改组为农科大学，制定组织大纲，设农艺、森林、畜牧、园艺、生物、病虫、农业、化学等系。十八年扩充现在是国宾馆的钓鱼台为院址。因为钓鱼台在辛亥后还是清朝宫廷内务府掌管的产业，溥仪未出宫前，把这里赏了陈宝琛，陈宝琛在此请过客，作过诗。一下子成了农学院院址，伪满溥仪又委托他的代理人要求收回，为此还闹过交涉。民国十九年农学院增加预算。时许璇任院长。后刘运筹继任。

女子文理学院是合并女子大学和女子高等师范而成，最初校址在石驸马大街原女高师旧址，后租朝内大街孚王府，俗称"九爷府"为院址。民国二十年改称北平大学女子文理学院。二年后确定办学规模五系二专修科。五系：哲学系、教育系、经济系、数理系、化学系。两专修科：音乐、体育。

交　大

　　小时候家住西皇城根，出门时，去南城，去东城，去中山公园，或去中央电影院看早场电影，府右街便是必经之路，府右街的南半段，实际也是皇城经过之处，但已不叫"皇城根"了。因在中南海"总统府"之右，所以也叫府右街。常常经过，左右两侧的房舍门户便留下了极为深刻的印象，这样南端李阁老胡同路口的高台阶洋式大门，便留下了十分清晰的印象，这便是交通大学北平铁道管理学院。

　　交通大学一般都知道它在上海，而文化古城这所交通大学的学院，又是怎么回事呢？不妨先看看叶恭绰氏一九三六年在《交通大学四十周年纪念感想》中的几句话：

> 本校二十五周年纪念时，适交通大学改组成立，而余实主其事。迨三十周年纪念，本校易名为南洋大学，曾有征文集之刊行。余以前此筹组交大时，颇具详密之规划，与本校前途关系甚切，故为文以阐明旧日之方针，借作未来之参考。今沪、唐、平三校仍合为一校，而上海本部，且以四十周年纪念闻，复蒙征言及余……

可以看出，当时交通大学是包括上海交通大学本部和唐山工程学院和北平铁道管理学院的。其历史缘由，则要上溯到一九一九、一九二〇年之际，即叶恭绰氏担任北洋政府交通总长时期，当时《阁议创办交通大学提案文》道：

> 查本部关于交通教育，已经设立之学校，则有北京邮电学校、铁路管理学校，唐山专门工业学校，上海专门工业学校，已经筹具之经费，以

八年度预算计之，约支出五十万元（内有东、西洋留学费九万元）。是交通人材教育之基础已立矣。但年来所造就之人材，究不敷用，且所学成之技术，亦间有不能适用之点，其故在四校散处各处，不相联属，教授管理，各为风气，监督既不能周，纠正亦遂乏术。又四校并设，其中科目有彼此俱设者，亦有彼此俱缺者，有应增而不增、可省而不省者，既嫌复杂，又病缺略，精神既涣，成绩难期。本部现为增进交通人材，改革交通教育起见，拟以上海、唐山、北京四校合并为交通大学，将已有之学生，量其已有之学科，划一增改，据其已达之程度，平均分配，使之继续授业……不必另筹巨款，不必大事更张，而交通教育，可收莫大之益，即使经费稍有不足，再就本部所辖机关，根据铁路会计则例，及电政预算，酌予开支，亦易集事。

这就是最早交通大学的成立缘起，原是包括北京的两所学校在内的。而且经费是归交通部开支，年度预算五十万元，当时是个不小的数目，而且是既充足又有保证的。后来不久，交通大学就办起来了，叶恭绰是校长。《胡适的日记》一九二一年九月十一日记道：

一点，到北京饭店，赴欢迎孟罗博士的宴会。范静生主持。第一次遇见叶誉虎（恭绰），他以交通大学校长的资格到会。

当时叶氏有"老虎总长"之誉，胡博士也是闻名已久，第一次见到，所以特书一笔。

同年九月二十六日又记道：

十二时半，赴交通大学欢迎孟罗先生的宴会，不料他病倒了。叶誉虎们大扫兴，饭后，参观交通博物馆。

由《日记》似乎可以看出，最初交通大学本部是在北京。

文化古城时期李阁老胡同口上北平铁道管理学院的校址，就是交通大学成立之前，邮电学校、铁路管理学校的老校址，这还是宣统年间，邮传部办的老学校，最早名叫"交通传习所"，这个老掉牙的校名，现在当然更没有人知道了。在此不妨把它的简史介绍一下：

清末邮传部所办，辛亥前三年成立，学制一到三年。民国五年设铁道、邮电两班。民国十年和上海、唐山二校合并，名交通大学。民国十八年正式命名为交通大学铁道管理学院。

一九二五年前后，上海交通大学一度改名为"南洋大学"（当时天津有北洋大学），不久则又恢复了"交通大学"的校名。

交通大学北平铁道管理学院共有财务、公务、实业等系，学生不多，据一九三五年有关资料记载，校长是徐承燠，学生只有一百七十余人。记学校沿革云：

创办于前清宣统元年五月，初名交通传习所，后改名铁路管理及邮电两专门学校。民九改称交通大学，民十七改隶铁道部，为上海总校分院。

北洋政府时期，没有铁道部，铁路归交通部管。叶恭绰是交通总长。南京政府时期，铁路单独成立铁道部，叶恭绰又担任过一个时期铁道部长。所以他始终与交通大学有着密切的关系。

我小时候住在皇城根陈尚书房子中时，同院还有一家邻居，主人在平绥铁路局工作，主人的弟弟正在铁道管理学院读书，虽然住校，但距离很近，常常到他哥哥家来，总由我家门口窗前经过。冬天穿蓝毛料西式制服，夏天穿白大丝布制服，中等身材，十分健壮，我看上去十分羡慕，当时并不知他的制服是公家发的，还是花钱买的。为写此文，翻阅当时资料，才知道每学年要交冬夏季制服费三十元，才知道他那漂亮的制服不是公家发，而是自己花钱买的了。当时三十元不是个小数字，算来也不便宜了。

这个学校其他费用也相当可观，如学费每学期二十元、宿费每学期十元，算来比清华、北大都贵。不过因为它是上海交通大学的分部，学风、教学质量也都是第一流的，而且更重要的是：职业绝对有保证，毕业后就可以到铁路上实习、工作，都是六十到八十大洋起薪，坐火车还有"免票"，对没有特殊后台，没有多少野心，只想凭本事老老实实干事，找个饭碗的青年说来，当时在铁路上工作，虽不及有"金饭碗"之喻的海关、邮局等等，但也可以说是"银饭碗"，因为它不大会裁员，工作比较有保证、有希望，老老实实干，不但不会失业，而且总有升迁加薪的希望，因而投考的人是很多的。

文化古城时期，还有一座私立铁道学院，校长是关赓麟。按，关字颖人，广东南海人。是交通系旧人，由清末即办铁路，与唐绍仪、梁士诒、叶恭绰、关冕钧并称"五鬼"。光绪三十三年冬，梁士诒拥全国筑路之权，叶、关等人助之。盛宣怀以庆亲王、李莲英为靠山，突然发动清查铁路总局，夺去梁之筑路权，盛号"七煞"，报纸以"七煞除五鬼"为题报道之。校址在东城干面胡同，据记载学生也有二百五十多人，可是详细情况，就不知道了。在我记忆中，也没有这所学校的影子，在此附记一笔，聊存史实吧。

艺专及其他

  还是我上小学的时候，作为尚书公后人的房客，住在西皇城根的后院中，常常到前面正院中去借打电话，电话在廊子上，隔着玻璃窗，一边打电话，一边可以看到房中墙上的一幅画，是白石老人的荷花，是一幅狭长的立轴，绫边作瓷青色，配上白墙，十分高雅。当时我什么也不懂，只是看了很爱，而且知道房间的主人，尚书公的女公子在艺专上学，是白石老人的学生，这幅画是老师画给学生的。当然女公子名门闺秀，经济富有，这幅画是送了老师钱的，并非白画（据传白石老人不论多熟的人，画完画，总要要钱，熟学生同老师开玩笑，故意不给钱，老人会拉着这人，用手掏他的口袋，翻他的皮夹子，是十分风趣的）。由于这幅画，使我混沌的顽童，懂得了羡慕画，知道了"艺专"的名字。后来我上了中学，下午放学，不坐车，与同学串胡同回家，不走北面新皮库胡同，而走南面京畿道，弯到舍饭寺出到大街上瞎逛，这样就常常经过国立北平艺术专门学校门前，有一次和一位高中同学一起走，他说他认识人，还带我们一两个小同学进去看了看。路西的大门，进去全是带走廊的大院子，只记得有三间东屋，房顶上把瓦和椽子都去掉了，改装上毛玻璃，还拉着白窗帘，有些像当时老式照像馆的摄影室，我看了感到十分好玩，同时想起当时北京的一句俗话："房顶上开窗户，六亲不认。"这样艺专的这间写生教室给我留下极为深刻的印象。

说完北平大学其他学院，还必须说一下"艺专"，因为它也包括在"国立九校"之中，原来想立为国立北平大学艺术学院的，它的前身是北京艺术专门学校，这也是一所老学校，早期著名的陈师曾、王梦白等艺术大师都曾在这里任教，三十年代就已成名的画家王雪涛、王友石、李苦禅等位，都是这个学校毕业的。北平大学区筹建之初，把它也并入到北平大学机构内，名为"艺术学院"，并定院长为徐悲鸿氏，当时南方艺术教育，刘海粟在上海，林风眠在杭州，徐悲鸿在南京，都是留学法国的大师，各有势力范围。徐不能到北平主持校务，便由汪申（汪慎生）代理。

北京艺术专门学校原拟并入北平大学改为艺术学院，其后北平大学区取消，大范围的北平大学组织也失败了，就改为小范围的北平大学，这样仍把艺术学院脱离北平大学，改组为北平艺术专门学校，学生不答应，掀起"艺术学院恢复运动"，因北平大学校长办公处已无人负责，艺专学生直接到南京教育部请愿交涉，教育部答应恢复"艺术学院"名称。但这一许诺好像没有实现，或后来又有变化，总之在一九三五、一九三六年间，还是叫"专科学校"，而不叫"学院"，我与同学进去闲逛时，就是叫"艺专"的。后来演电影出了大名的张瑞芳，当时正在这个学校上学。

据有关资料记载：校址在前京畿道十八号，校长是严智开。并注明"二十三年一月奉部令筹备，七月成立。学生一百七十三人"。据注解看，好像是过去艺术学院停办后，这里又新办的，当时各种学校人事关系、历史背景均甚复杂，学潮此起彼伏，为什么停办？为什么开办？为什么不是一个传统？这些都已说不清楚，也不必说清楚了。

艺专有国画系、西画系、雕塑系、音乐系等，当时北平不少名画家都在艺专教学，如齐白石、陈半丁、徐燕荪等位。不少美术界的著名人士都是留学法国的，有几位留学归来，不走海路走陆路，从遥远的西伯利亚大铁路归来，绕过当时已成满洲国的东北，来到北平，留在艺专教书，如后来献身敦煌艺术的常书鸿氏，一九三六年秋季回国后，即任艺专西画系教授、系主任，直到"七七事变"，在他回忆录《铁马响叮当》中写道：

一九三七年七月七日卢沟桥事变那天，我照例和几个学生到北海公园画画，忽然听见了炮声。

有人说，日本人向我们开火了。我赶忙收拾起画具往家里走。卢沟桥事变以后，几个画界的熟人碰在一起议论，大家都说，现在时局太乱，北平大概呆不住了，还是往南去吧……

北平艺专也向后方迁移了，先到江西庐山牯岭，后来又到湖南沅陵，和内迁的杭州艺专合并，组成"国立艺专"，留在北平的艺专部分人员，沦陷后敌伪也办起了艺专，校址迁到东单裱褙胡同，直到抗战胜利后徐悲鸿氏回来接收，又办起北平国立艺术专科学校。

文化古城时期，艺术教育除国立北平艺术专科学校而外，还有不少私立的艺术学校，一是张恨水办的北华美术专门学校，地址在东四十一条，校舍据说是清代裕禄的房子，十分精美。张氏在其《写作生涯回忆》中写道：

　　二十二年夏季，我又回到了北平。我四弟牧

野，他是个画师，他曾邀集了一班志同道合的人，办了个美术学校。我不断的帮助一点经费，我是该校董事之一，后来大家索性选我作校长，我虽然能画几笔，幼稚的程度，是和小学生描红模高明无多。我虽担任了校长，我并不教画，只教几点钟国文，另外就是跑路筹款……不过学校对我有一个极优厚的待遇，就是划了一座院落作校长室。事实上是给我作写作室。这房子是前清名人裕禄的私邸，花木深深，美轮美奂，而我的校长室，又是最精华的一部分，把这屋子作书房，那是太好了，于是我就住在学校里，两三天才回家一次……多看一点书，每当教授们教画的时候，我站在一旁偷看，学习点写意的笔法。并直接向老画师许翔阶先生请教。

除此之外，还有著名的熊唐守一女士办的北平女子西洋画学校、方鼙云氏办的中国古法书画传习所、林实馨办的林实馨诗文书画研究馆，以及人数较多的私立京华高级艺术职业学校，这个学校和商务印书馆在虎坊桥办的京华印书馆有关系，培养了不少美术印刷专业人员。

在先农坛外，还有一所体育专科学校，是民国十七年在体育社、国术馆的基础上成立的，校长许霝厚。分必修科和选修科，三年毕业，民国二十三年立案，专门培养小学体育教师，倒毕业了不少学生。对当时体育教育很有贡献。

燕京大学

文化古城时期近十年中，是燕京大学的黄金时代，在此之前，尚属初创阶段；在此之后，受到战局影响，相对来说，也没有那个时代正规而神气了。

"清华、燕京好通融"，文化古城时期在摩登仕女的心目中，清华的男士是"天之骄子"，燕京更是"天之骄子"了。自然最好是欧美留学生，剑桥、牛津、哈佛、巴黎……这些学府中取得博士头衔的留学生，退而求其次，也要勉强找个清华、燕京的学生做意中人，"好通融"者，略有勉强之意也。

这时期燕京，有最充足的外汇经费，有世界名望的第一流的学人教授，有风景幽美、建筑华丽、湖光山色的校园，有语言到生活一切都美国化的环境，有极为昂贵的学杂费用……是最特殊的、最洋气的、最神气的——这里我不用"贵族化"一词，因为在我的师友中，包括最熟悉的朋友，不少都是燕京出身的，并不是"贵族化"的人，也没有贵族化的习气。

燕京大学名义上是私立的，但实际上它是由教会立的。教会是指天主教或基督教，而教会又分好多派别，每种派别又各有名称，如圣公会、长老会、美以美会等。这些都是基督教的教会。燕京大学在名义上是由美以美会、北长老会、伦敦会等教会团体合办的。学校的经费是教会出的。基督教教会的根据地主要是美国和加拿大，以美国为主，在纽约有中国基督教大学董事会，在上海有中华基督教教育会，多的时候，支持着十六所大学，到一九四七年即抗日战争胜利之后，还保留几所。燕京大学是其中之一，也是规模最大、办得最好的一所，毕业的人也多，在政治上、国际文化上影响是最大的。

燕京大学创建于一九一九年，由船板胡同汇文大学校、灯市口佟府夹道协和女子大学校、通县协和大学校合并改组而成。这些学校所属教会不一样，如汇文是美以美会的学校，协和是公理会的学校，因而燕京后来就不是专属于一个教会，而是几个教会共同支持的了。

基督教办的学校，要宣传宗教，因而燕京大学开办之初就合并了美以美会的汇文大学神学馆（即汇文神科大学）和公理会的华北协和道学院而建立了燕京大学的神科，后来随着文科、理科改称文学院、理学院，神科也改为宗教学院。

▼ 司徒雷登于燕京大学校园，远处为博雅塔

司徒雷登是以办燕京大学起家，后来做了驻华大使，因《别了，司徒雷登》一文

而大大出名。老实说：这位出生在中国杭州的美国牧师的儿子，对于办燕京大学是花了一番大气力的。《胡适的日记》一九二二年三月四日记道：

> 十时半，燕京大学校长司徒雷登与刘廷芳来，启明来。燕京大学想改良国文部，去年他们想请我去，我没有去，推荐周启明去（启明在北大，用违所长，很可惜的，故我想他出去独当一面）。启明答应了，但不久他就病倒了。此事搁置了一年，今年他们又申前议，今天我替他们介绍。他们谈的很满意。

只此一点，亦可见燕大草创时期想法延聘一流人才的简况了。此事周作人在《知堂回想录》中记载道：

> 一九二二年三月四日，我应了适之的邀约，到了他的住处，和燕京大学校长司徒雷登和刘廷芳相见，说定从下学年起担任该校新文学系主任事……学校里派毕业生许地山来帮忙做助教……

每星期分出四个下午来，到燕大去上课。我原来只是兼任，不料要我做主任，职位是副教授，月薪二百元。

当时他还是北大教授，又兼了燕大副教授。这时燕大校舍还在崇文门内盔甲厂。盔甲厂在北京内城的东南角，同西南角太平湖一样，在城墙没有拆除时，这里是死角，过路人不会走到这里来，是很安静的。但是真要来时，那就要由东单往南穿胡同进来，或走苏州胡同，或进船板胡同，走到沟沿头，再往东南走，就是盔甲厂了。今天这是北京火车站广场的东南角，是最热闹的地方，可是七十年前，谁会想到这里会成为火车站呢？早期燕京盔甲厂的校址，是十分简陋的。虽然说："大学者，有大师之谓也，非有大楼之谓也。"简陋的校舍，有了大师，照样能办好学，教育出人才，但究竟不如既有大师、也有宽敞幽美的校园为好，不是可以相得益彰吗？也许是机遇吧，司徒雷登一下子找到了西郊篓斗桥明代米万钟家勺园的旧址，这样几年之后，使燕京大学拥有当时北京最美的校园了。

勺园在清华园的西南面，在海淀的北面，在圆明园废址的正南面，东面是成府村。地址极好，交通较清华园更好，为去颐和园必经之路。不过当时虽说是旧家名园，但年代久远，早已荒芜，木石无存，只有进门后一座石桥，是勺园旧物。司徒雷登看中了这里，但这却是有主的，是当时陕西督军陈树藩的私产，原是为其父退居林下，颐养天年之用的。司徒雷登为此去了一趟西安，因西安教会圣公会西安中学校长董健吾的介绍，找陈树藩，想以三十万两银子的代价购买此园。因在易俗社听秦腔，认识了两位老人，一位就是陈树藩父亲，婉转说明此意，陈父未置可否。不久陈树藩请客，慷慨秉承父意，将勺园送给燕大，不过有两个条件，就是在校园内为陈父立块纪念碑，另外将陈树藩创办的存德中学作为燕京大学的附中，每年可以保送五十名学生上燕大。如此司徒雷登大喜过望，双方欣然达成协议。

燕大有了校址，便积极由美国著名设计师设计营建，完全用宫殿式建筑，不几年，在未名湖畔，一所

▼ 美国设计师墨菲所绘燕京大学校园设计图三稿（从上到下依次为1919、
1921、1924年）

美轮美奂的新学舍便建成了。全校共占地七百七十余亩，其中勺园旧址占三百余亩，另外尚买进了徐世昌的镜春园、张学良的蔚秀园、载涛的朗润园。全部建筑费用，一共用了三百六十多万银元，建成六十六幢建筑物。一时燕大校舍、协和医院、北平图书馆先后建成，成为鼎足而三的宫殿式建筑群的样板，不但誉满全国，而且引起世界建筑界的注意。

在文化古城时期，燕京校园和清华校园成为全国最美丽的大学校园。钱宾四先生《师友杂忆》记燕园、清华园道：

> 燕京大学一切建筑本皆以美国捐款人姓名标榜，如"M"楼、"S"楼、贝公楼，今虽以中文翻译（按即穆楼、适楼），论其实，则仍是西方精神……天津南开大学哲学系教授冯柳漪，一日来访，告余："燕大建筑皆仿中国宫殿式，楼角四面翘起，屋脊亦高耸，望之巍然，在世界建筑中，洵不失为一特色。然中国宫殿，其殿基必高峙地

上，始为相称。今燕大诸建筑，殿基皆平铺地面，如人峨冠高冕，而两足只穿薄底鞋，不穿厚底靴，望之有失体统。"余叹为行家之名言。

屋舍宏伟堪与燕大相伯仲者，首推其毗邻之清华。高楼矗立，皆西式洋楼。然游燕大校园中者，路上一砖一石，道旁一花一树，皆派人每日整修清理，一尘不染，秩然有序。显似一外国公园，即路旁电灯，月光上即灭，无月光始亮，又显然寓有一种经济企业之节约精神。若游清华，一水一木，均见自然胜于人工，有幽茜深邃之致，依稀乃一中国园林。即就此两校园言，中国人虽尽力模仿西方，而终不掩其中国之情调。西方人虽亦刻意模仿中国，而仍亦涵有西方之色彩。余每漫步两校之校园，终自叹其文不灭质，双方各有其心向往之而不能至之限止，此又一无奈何之事也。

这段文字，情景历历，读后不但能见清华、燕京校景之幽美与不同，亦颇足以启发人的思维，深入理

▶ 今北京大学（原燕京大学校址）博雅塔及未名湖

▼ 今北京师范大学西城校区（原辅仁大学校址）

解中西方文化之比较。

司徒雷登弄到了历史名园作校址，又从美国捐了不少钱来，盖起了华美的校舍，在燕东园、燕南园、朗润园修了不少教授宿舍，然后就大量延聘著名学者来讲学了。燕京教授中外国人不少，不少既是著名学者，又是教会里的名人；中国名教授自然更多，其间也有与教会有关系的，如刘廷芳、洪煨莲、李荣芳、赵紫宸、简又文、许地山、陈垣、吴雷川等位，都既是名学者，又是教友、教会中的名人。北伐之后，燕大又来了不少名家，如顾颉刚、邓之诚、容庚、钱穆、郭绍虞、吴其昌、吴文藻等位，都是名实兼备、又肯实干的专家。因而在文化古城时期的燕大，在办学经费、办学环境条件、师资力量三个方面，都是第一流的，有世界水平的。著名的美国人斯诺三十年代中期就在燕大。

燕大和美国学术界的关系极为密切，燕京法学院和普林斯顿大学有协作关系，得到经济援助，可以互换教师。以文学院为主与哈佛大学有协约，得到经济上的大力支持。其他如和纽约协和神学院、哥伦比亚大学等美国名大学都有关系。因而它的学术交流、人才交流，更重要的是经济支持，都是多方面的，世界性的。

文化古城时期燕大，本科有三个学院、十八个学系。文学院有国文学系、英文学系、欧洲文学系、历史学系、哲学系、社会学系、新闻学系、音乐学系，理学院有化学系、生物学系、物理学系、地质学系、心理学系、家事学系，法学院有法律学系、政治学系、经济学系。另有宗教学院、研究院，以及制革专修科，属化学系；幼稚师范，属教育系。

燕京大学是教会学校，其宗教活动及气氛，是靠宗教学院贯彻和维持的。它不同于文、理学院是教学机构，而是一个研究机构，它不招高中毕业生，而是招收文、理学院的大学毕业生为学生的，人数很少。宗教学院的教授，同时也是其他学院中各系教授，另外又是燕大基督教团契里的主要负责人员，做司教、讲道、办宗教学习班，这个组织就是燕京大学内部的教会，给要求参加基督教的师生员工举行洗礼仪式、举行礼拜、设圣餐会、宣讲福音，总之一切基督教的宗教活动在燕大都由宗教学院代办了。这样使燕大整个学校，也像其他教会学校一样，全校弥漫着一种基督教气氛。

在此附带要说一下教会学校的立案问题。早在清代道光十年（一八三〇），英、美等国传教士就在我国擅自兴办学校，据《中国基督教教育事业》一书所载，到一九二二年时，大、中、小学已发展到七千三百余所，学生有二十一万多人。在北洋政府时代，舆论界即要求政府收回教育权。这样就出现了教会学校必须向中国政府各级教育机关立案，和教会学校的宗教课问题。北洋政府在一九二五年十一月颁布了《外人捐资设立学校认可办法》，同时不久广东国民政府教育行政委员会于一九二六年十月也颁布了《私立学校规程》，这样就把教会学校的立案问题明确了。大学要在教育部立案，同时规定如有董事会，中国董事应该过半数，外国人不能担任校长。燕京大学很快向北洋政府请准立案，原校长司徒雷登改任校务长，请在燕大国文系兼课的讲师，实际是当时教育部次长的吴雷川氏任校长。一九三五年陆志韦又继吴氏任燕大校长。自然主要大权及向美国募捐经费等，还是司徒雷登一手包办。"校长"虽不完全是名誉职，实际也只是一个向中国政府出面的"代理人"罢了。

燕京大学虽然十八个系，可是学生并不多，办学规模只是八百人，有的系四个年级加起来，也不过二三十个人。但是它的水平和质量是保证的。燕京学费、宿费、杂费，一学期一百五六十元，在当时是个十分庞大的数字，但一些"书香门第""高门大户"的子弟是不在乎的，一些海内外巨商的子弟也是无所谓的，但有些普通人家子弟，往往就担负不起这样昂贵的学费、生活费，但如果真考进燕大，努力再争取到好成绩，那还是有办法读的，它有名堂众多的奖学金。能获得一个奖学金名额，便可解决问题了。自然，更为贫寒的青年，或是要赚钱养家的人，要在燕大读书，那就困难了。自然，家中再有钱有势，而功课不好，中英文不过关，智力低下，那也是考不上燕大的。当年汉花园、清华园、燕园，这"三园"的入学考试都不是好闯的关，是不讲情面的。

燕京大学在一九三七年"七七事变"之后，因系美国教会学校，司徒雷登又当了校长，对付日本人，学校未受影响，又维持了几年，直到一九四一年十二月八日太平洋战争爆发，日本兵在这天一大早就把燕大全部封了门，这虽然是文化古城时期以后的事，但和前面还是延续着的。等到抗日胜利之后复校，那已是沦丧而后了。

辅 仁

说到辅仁大学，不妨先做文抄公，引一点名家的文献。刘半农氏在《辅仁大学的现在和将来》中说：

辅大在北平各大学中，是比较最年轻的学校，算到现在还只有三岁。北平的国立学校，如北大已有三十年的历史；私立的如燕大、汇文等，也已有一二十年的历史，辅大虽然这样的年轻，近来说出名字来，社会上也有人知道了。它虽然没有很大的名声，但不在坏的学校中间，总在水平线上面。这是本校将来发展的立脚点。

这是一九三〇年四月刘氏对辅仁大学学生谈话的开头一段，这里明确了几点。其一，它是新成立的学校，往前数三年，正是一九二七、一九二八年之交，也正是北伐战争的年代，待它成立之后，政治中心就南迁了。因而可以说，辅仁大学正是在文化古城时茁壮成长起来的学校。第二，"在水平线上面"，这说明它建校之初，就以此为立脚点，想要办成一个比较好的学校。因为当时北平正如刘氏所说，是有一些"坏的学校"的。但要把学校办好，也是不容易的，刘氏这篇谈话是由学生记录的，他在收入《半农杂文二集》中时，又在文后加了按语道：

辅仁大学是美国本笃会创办的学校，自开办以后，即由陈援庵先生主持校政。民国十八年夏，校中发生风潮，情势严重，教育部派员查看，认为校务有改良之余地，并明令学校应改为学院，俟办理完善，经呈部派员查明后，始许复称大学。于是创办人大恐，挽沈兼士先生请余帮忙。余于是年七月就教务长职，即向教育部陈诉该校已往情形，及以后办法，请仍准用大学名义试办，免称学院，此节居然办到，乃着手于校务之整顿，希望于短时期中完成立案手续。到二十年秋，辅仁大学奉到教部准予立案之命令。其时余已心力交瘁……因即辞去教务长职，归政于陈援庵先生。

本笃会是美国天主教会，当时北平教会学校，基督教的多，天主教的极少，大学更没有，陈援庵（垣）先生曾是天主教信仰者，与教会有关系，又是北京各大学有声望的教授、历史专家，当时正在燕京大学哈佛燕京学社所属的国学研究所担任所长，辞了职专门来办辅仁。另外秘书长是英千里，是中国近代教育家英敛之先生长子，英是辅仁大学创办人之一，去世后，其时英千里由英国伦敦大学毕业回国不久，精研哲学、逻辑，精通英、法、西班牙、拉丁四种文字，即协助陈垣先生办辅仁，起了很大作用。辅仁大学自开办到太平洋战争爆发，经费前期由美国本笃会负担。后来辅仁经费改由罗马教皇派美国、德国圣言会接管。"七七事变"后，罗马教皇驻华代表是德国人，一九三六年辅仁由德国人雷冕任校务长，因而在八年沦陷期间，辅仁大学一直能存在于沦陷后的北平，继续办学，没有受到更大的影响，在太平洋战争后，也未像燕京那样，被封门。

在刘半农氏按语中，说到开始时，学校闹学潮，不稳定，南京教育部不予立案，而且命令改称学院，陈援庵托沈兼士请他帮忙，出任教务长，才起到作用，保留了"大学"名称，而且把学校稳定下来。这是什么原因呢？原因之一，陈援庵、沈兼士、刘半农都是北京大学旧人，沈、刘关系更深，沈先到辅仁任文学院长，因之托沈请刘。刘到了辅仁，还兼着北大教授，保留着北大的阵地。原因之二，当时南京教育部长先是蒋梦麟，后是朱家骅，都是北大一派，而当时华北、北平教育大权是掌握在李石曾、李书华等人手中，这些人都是留学法国的，而刘半农也是留学法国的，同这些人关系很深，这个时期，他同时又担任了北平大学女子学院院长的位置。因而他在高教系统中，力量是很大的，他担任了辅仁大学教务长，很快把辅仁立案问题解决了。既保住了辅仁大学的名称，又整顿了辅仁大学的教育秩序，对于辅仁后来越办越好，成为一个比较有名的大学，是起到关键作用的。接其任的是英千里先生。

辅仁大学校址在定阜大街，都是购买几座王公贝勒的府邸改建的，最早是涛贝勒府，地址在龙头井，这是光绪弟弟、溥仪叔叔载涛的府第。后来买了定府大街庆王府东边的一部分，盖起了新大楼。"定府"大街后改名为"定阜"大街。庆王是清末最有权势的奕劻，与其子载振又勾结袁世凯把持清末政治，辛亥革命后，其父子都躲到天津租界中去居住了，偌大的王府，东面卖给天主教会，盖了辅仁大学，西面后来是航空署、卫戍司令部等机关。后来又买了什刹海西的恭王府办了辅仁女院。恭王即咸丰弟弟奕䜣，这房子原是乾隆后期和珅的府邸，现在这里因据传是大观园，大大出名了。

刘半农文章中说："正在建筑中的新校舍，系一座四方形的大楼，今年九月便可完工。"据此可以知道辅仁教学楼的建筑年代。这是一座约一百多米长宽的正方形圈楼，临街，两层外加地下室。南面一排临街房子，只一面有教室，另一面是对着左右院子的宽大走廊。东、西、北三面，都是两面有房子，中间一条楼道，四周可以顺楼道走廊兜一圈。在我的感觉中，这所教学楼与其说是学校，似乎更像一所医院。不知在辅仁读过书的朋友，是否有此感觉。

大门在前面一排房子的正中，三间，而在中轴上，则另有一座三层楼建筑，南连大门进门处大厅，北面连大楼北面房子，又有门通向后面，中间这座建筑，正把大楼一分为二，成为一个"凹"字。从门外看，整个大楼中间三层，两翼两层，十分气派。进了大门高台阶大门，一个不算大的大厅，直对一座大扶梯，走上去就是礼堂正门。扶梯下面两侧是办公用房，左侧就是教务处，礼堂下面是图书馆，原来中轴线这座建筑，是包括礼堂、图书馆和办公用房的。由中间底层直穿到北面出去，那是通后面花园的门，俗称"神父花园"，里面老树葱郁、花木扶疏，极为幽雅，可是学生不能随便进去。我想象这里面大概就是当年庆王府的花园。

辅仁有三个学院，文学院有中国文学、史学、英文、社会学、哲学五系，理学院有数学、物理、化学、医预四系，教育学院有教育、心理二系，因为要有三个系才够一个完整的学院，后来教育学院又添了美术系。

学校主要靠教师，大学必须要有一些名实相符，又热心教育的教授，以各方面专家的资格，领导起学校。辅仁除校长陈援庵先生是史学专家，文学院长沈兼士是章太炎弟子、精研小学的国学家，另外秘书长兼西语系主任英千里，历史系张星烺，中文系余嘉锡、顾随，社会系董洗凡，物理系萨本铁、萨本栋，化学系袁翰青，美术系溥忻、溥佺等，还有教育学院院长张怀、教授徐侍峰、欧阳湘等位，这些都是十分著名的专家。刘半农氏文章中，谈到教授时曾说：

我们想竭力罗致名教授，虽然不能使全国的名教授都到我们的学校来，但总竭力设法去敦请。

外国教授方面，据说今年美国又有十位专家，签名愿来本校……只须打电报去就可以来。

辅仁一直有不少位外籍教授，虽不如燕京、协和多，但也是不少的。其中不只美国人，如后来做教务主任的胡鲁士，是荷兰人，校务长雷冕是德国人，后来丰浮露也是德国人。

辅仁理学院物理、化学、生物三系的各项实验室，是十分完备的。如化学系的"液体空气机"，在当时北平各大学的试验室中，也是独一无二、十分著名的。

在文化古城时期，各公、私立大学中，辅仁是后起之秀，但一时难和几所国立大学及燕京大学并驾齐驱，只能在一般私立大学中争一日之长，它有几点优越条件：第一，一般私立大学，经费比较困难，它则在经济上有教会的保障；二是它有几位在北京大学有声望、有影响与实力的名教授热心支持；三是它招生严格，取分标准高，可以保证教育质量；四是教育导向较切实，能言中利弊，引导学生如何学习。这四点保证了辅仁在文化古城时期，以一个历史短暂的新学校，逐步成长为一所有一定成绩的大学。这四点刘半农文章中均有论述，前两点不多说了，后面两点可略引一些刘文的原文。如谈到招生云：

> 要提高程度，不得不选程度较好的学生。本校录取新生的标准，今天以前，不见得很高。但这也是比较的，比国立学校亦许差一点，比某某等私立大学，已高的多了。现在我举一件事实来证明（说是有一个学生考辅仁国文系一年级，刘氏认为他程度不够，把他编入附中高二，这人不肯，考另外一所私立大学，这个学生却被取在国文系第一名，故事如此，原文略）。……但从下学期起还要提高，要提高考试题目和阅卷标准，总要渐渐的做到和著名国立大学一样。

在指导学习方面，辅仁当时有高中部、本科，刘氏分别指导说：

> 高中的功课，可以叫做高等的普通学，其意

义有二：一、为进大学的预备，凡进大学的学生，必须有良好的基础和研究专门学问的工具，高中功课的目的，就是预备这基础和工具。二、为不能进大学的学生，使他于高中毕业后，服务社会，有高等的知识，应付一切，不至太形粗陋。因此，本校高中最注重的功课是国文、英文、算学。这三者之中，以国文为最注重。二十年来，国文一科太形退步了，甚至大学毕业的学生，连普通信札也写不通。所谓"通"，有两种说法："大通"和"小通"。大通是博通一切，自非易易。小通是文从字顺，是人人应有的能力。……高小毕业，中文应该就通。乃至初中，高中，甚至大学毕业，尚未能通，这岂不是笑话吗？本校欲力矫此弊，所以最注重国文。……本校也重英文的，可是会英文的目的，和社会上一般人的目的，大大不同。一般人念英文的目的，我们可拿上海商人的心理，来做代表：他们的子弟，自小就送到工部局办的华童小学里去念英文，大了以后又送到圣约翰大学，所希望的只是学了英文，在洋行里混一个事情，吃洋饭，发洋财罢了。我们的目的不是这样，我们以为时至今日，学术已有了世界化的趋势，无论学文学、学科学，倘不能直接看外国书，只凭翻译本子，那终是隔靴搔痒，倘使能直接看外国书，就可以增加许多知识的源流和做学问的门径。……算学是一剂整理脑筋的良药，无论研究哪一种学问，都应该先受过它的洗礼。我们学算学，不仅仅为学习算学的本身，并且为养成科学的头脑。国、英、算三字联在一起，人家听了，多以为陈旧的很，腐败得很。但于陈旧、腐败中，我们却另有很新的、很实在的意义。

关于本科功课的话，却很简单了。本科的学生，是应用在高中时所预备的工具，作专门的研究。……我们要明白受初等教育时，全赖教员灌注；到了受高等教育时，就全靠自己用功，教授不过指导你们门径罢了。所以我切望诸位多往图书馆和实验室里去做工夫。这样十年八年以后，本校的学生，对于学术有所探得，贡献社会，这才是辅大真正的光荣。

刘氏指导教育的这些话，对于辅仁后来办学，是起到作用的。同时，这些话，直到今天，对于中、高等教育，也还是十分有价值的。

文化古城时期的辅仁，打下了结实的基础，在沦陷时期，它因德国教会的特殊关系，不但存在了下去，而且因北大、清华内迁昆明，后来燕京被封门，内迁成都华西坝，这样沦陷区的学生，有条件的不少人都考了辅仁，我是一九四二年考上辅仁的，但因经济困难，只交了十元钱的保留学籍费，保留了一年学籍，后来也未再去，一晃几十年过去了，回首前景，真如梦寐。

协　和

如果说在文化古城时期，燕京大学是一所比较特殊化的教会学校，那么协和医学院就更是一所特殊化的学校了。先不说别的，就说它的毕业文凭吧，就既不是中国政府教育部发的，也不是学院自己发的，而是美利坚合众国纽约州大学发的羊皮烫

▼ 今北京协和医学院

金文凭，上面自然没有一个中国字，而全是英文了。

钱宾四先生在其《师友杂忆》中，曾记初到燕京时，所住宿舍水电费之通知单，均为英文，应按月缴纳，而他"遂置不理"，拖了一年多，提出"何以在中国办学校必发英文通知"的问题。这些问题在协和医学院，就不成问题了，因为协和医学院一进大门，一切都是用英文了，由书面文字到课堂讲课。除去国文课而外，其他都是用英文教材、英语讲课。

在社会上面，一说"协和"，一般人都知道是协和医院，很少有人注意到协和医学院。岂不知协和医院是协和医学院的教学医院，是附属于后者的。

早在一九〇六年，即光绪三十二年，英国教会伦敦会在北京创办了一所协和医学校，规模很小，不久，又有美国教会长老会、美以美会、内地会，和英国伦敦教会医学会、英格兰教会参加合办，成为一所由英美医务人员合办的学校。得到慈禧太后和一些高级官吏的支持，在清政府立了案。在当时对医疗事业，发挥了不少作用。一九一〇年东北鼠疫流行，协和医学校师生去东北参加防疫，有两名高年级学生在工作中牺牲了生命。辛亥革命时期，这所学校有三十多人参加了红十字会救护工作。

但这时协和医学校同后来的协和，却不是一个体系。因为从一九一五年起，美国罗氏驻华医社接办，担负起这所学校的一切费用。一九一六年二月二十四日纽约大学管理部发给这个新学校办理医学教育的凭证，即毕业生可拿到纽约大学的毕业证书。并从纽约罗氏医学研究所调来了马克麟（Francis C. Mclean）医师担任校长，并兼任内科主任教授。

在此要把罗氏驻华医社这个组织略作介绍。罗氏即美国著名的煤油大王家族，现在译作"洛克菲勒"（Rockefeller）。这个庞大的财团有一个"罗氏基金社"，在二三十年代时，它就拥有二亿四千万美元的基金，当时三十美元一盎司黄金，如按现在美金价值计算，一般要加十五倍。这是一个十分庞大的数字。这个基金社不仅向美国的医学事业投资，也向远东、近东的医学事业投资，它在纽约市办有规模很大的罗氏医学研究所，而且在中国设立了驻华医社，截至三四十年代，前后向中国医学事业，投资在四千万美金以上。按通货膨胀指数计算，在今天它的数目自然更大了。

罗氏基金社自一九〇八年起，几次派芝加哥大学、哈佛大学的校长、教授组成代表团来中国作详细调查，决定成立罗氏基金社的驻华支社罗氏支社，并接办旧协和医学校。一九〇六年教会创建的协和医学校在东单三条东口外，一九〇八年开，到一九一四年共毕业学生三十八名，有外国教员十四人，房地产投资只十三万美元，年开支不足五万美元。接办以后的协和医学校，则其办校规模和要求，大大超过了老的协和医学校。

首先它买下了老的豫王府兴建校舍，从一九一七年开工，到一九二一年建成，前后用了四年时间，花了五百万美元（可折合十七万两黄金）的代价，盖成了包括五十五幢建筑物的宫殿式建筑群，成为当时远东最考究的医学院校舍。罗氏驻华医社又为学校从英国、美国、加拿大及中国国内聘请了一百五十多名高级教学及行政人员，这些人的工资都是以美金计算的。一般是供给宿舍，年俸在一千五百元美金，合四千五百银元，而当时一枚银元足可买一百枚鸡蛋。这些人的经济收入在当时不但成百倍地高出于中国工人、农民，比之于一般资本家、地主也高出几倍。他们一年工资足可抵得一个中等商人的全部资产。

在新校舍建成之后，于一九二一年九月十九日，协和医学院举行了盛大的开幕典礼，据协和四期毕业生胡传揆教授《北京协和医学校的创办概况》一文记载：

来宾中有欧、美、亚洲（日本、菲律宾、印度尼西亚）各国的大学校长或教授、团体负责人（美国医学会会长、国际卫生组织和教会的代表等）、罗氏驻华医社代表、罗氏基金社社长、中国的著名医学科学家及中国政府的代表（总统、内政部、教育部），和罗氏之子（John D. Rockefeller, Jr.）。后者既代表他的父亲，而又是以罗氏基金社董事长的名义来讲话的。除中国政府官员外，教育和科学界的贵宾共有五十名。另外，还收到了罗氏本人和欧美与国内的贺电。

这次盛会，胡适也参加了，《胡适的日记》这天记道：

> 九时，到教育部口试各省的留学生。三时，到协和医学校，代表北大，参与正式开幕典礼。是日典礼极严肃，颇似欧美大学行毕业式时，是日着学位制服参加列队者，约有一百余人，大多数皆博士服，欧洲各大学之博士服更浓丽壮观，自有北京以来，不曾有这样一个庄严仪式（古代朝服上朝，不知视此如何）。
>
> 行礼时，颜惠庆代表徐世昌演说，尚可听；齐耀珊（内务）、马邻翼（教育）就不成话了。顾临（R. S. Greene）代表罗克菲洛医社演说，最后罗克菲洛（Rockefeller，J. D. Jr）演说。罗氏演说甚好。

从以上记载中，可见协和正式开幕时情况。早在开始建新校舍时，即一九一七年，即开办了预科，到一九一九年，共有预科学生三十四名，一年级二十一名、二年级八名、三年级五名，到一九二〇年，本科开始，学生七名，本科生即逐渐进行临床教学。预科四年，主要是英文、生物、理化及解剖、药学等医学基础知识。本科学各科医学及临床，也是四年，共八年。另又开办学制四年的高级护士学校。

协和医学院的办学规模很大，但人数很少，最早每年只二十五名，最多每年计划招五十人，要求质量是极高的。不但入校考试很难，而且考进之后，每学年考试淘汰率甚高，本科以七十分为及格标准，不及格便留级，进一步便退、转学，一般读完八年，到毕业时，原来预科一年级进校的学生，已所剩无几了。由开办截止到一九四九年，协和全部毕业生也只有六十几名。

在文化古城时期，正是协和医学校建校十年前后之际，头几届毕业生都已经成为北平的著名专家，如内科刘世豪、肺科王大同、外科关颂涛、妇科林巧稚等位，都已是临床主任教授了。这时当年的协和医学校已经历了"协和医科大学"为校名的阶段，于一九三〇年在南京政府教育部立案之后，正式改名为"北平协和医学院"了。校长已不是美国人胡恒德（Henry S. Houghton），而是留美的医学博士中国人刘瑞恒教授了。据一九三五年资料记载，当时它有学生一百十三人，每个学生每年学杂费要五百元，是当时学费最高的。

协和有一个董事会，十三名董事，六名是老协和所属的六个教会，各派一名代表，其余七名，都是罗氏基金社从国内外聘任的。总之早期由董事到校长、院长、预科主任、护士学校校长、总务长、医务长等全是外国人，其中自然美国人最多。在文化古城时期，中国人才逐渐多起来。

协和的办学方针，很明显是培养有国际声望高水平的专家的。因而它除了严格的教学工作而外，还必然十分重视学术研究，如著名的周口店古生物学研究工程，"北京人"的发现，都是协和教授参加，提供大量经费完成的。

罗氏驻华医社除去负责协和，为之提供经费而外，也为其他综合性教会大学提供经济援助，加强物理、化学、生物方面的办学条件，使之为协和输送更高水平的学生。因为协和自己早期办预科，后来预科办法改变，向燕京大学、齐鲁大学等教会综合性大学，招收这些学校生物系、化学系的学生改读医预系，然后直接入协和本科。这样等于把预科教育分到其他大学，使这些学生，能升入协和更好，不能升入，还可以在这些学校顺利毕业。这样协和既省去办预科的麻烦，又能更好保证新生的质量，也避免一些因成绩不合协和高水准而走投无路学生的尴尬处境。所以协和后来把预科教育全放在其他教会学校中了。罗氏驻华医社，为此向各校提供相当数目的经费。在文化古城时期，燕京大学此项经费每年也能获得六七万元美金。

协和医学院自始至终，努力保持了它的高标准、高质量，对我国医学事业的影响是很大的，抛开它帝国主义本质的一方面，而在严格办学、教育计划、教学方法、科学研究和学术空气等等，以及欧、美第一流专家轮流任教方面，都是应予肯定的。在整个文化古城时期，协和医学院在文化古城中，声誉是极高的。

"七七事变"之后，因为协和是美国人办的学校，所以未撤退，继续在办着。但到了太平洋战争爆发，它也被日本人封了门，好多美国教授都进了集中营，在混乱中，珍贵的"北京人"就下落不明——成了一个谜了。

中 法

对于中法大学，从我未进入中学时，就是不陌生的。但我却没有进过中法大学的大门。

那时，我有四家邻居，同中法大学有密切关系，两家是教授，一家是讲师，还有一家是学生。前院住的陈绵博士，字伯早，是法国巴黎大学艺术博士，当时既是中国旅行剧团的导演，又是中法大学文学院教授，是名望最大的。后院住的鲍文尉先生，是与大诗人艾青同船回国的，后来曾翻译过古典名著《巨人传》，那时也是中法大学的教授，以上二位都是北京大学毕业后，又留学法国的。前院住的法国人胡木兰女士，她的中国丈夫把她遗弃了，她在北京教了一辈子法文，当时正在中法大学教法文，可能是讲师吧。另外有陈橘孙和他弟弟二人，前者是留学法国学法律的，当时也在中法大学任教，至于教什么，或者职务是什么，就不知道了。这人后来在伪教育总署任秘书，也还兼课教教法文。他弟弟当时正在中法大学读书，什么名字我忘记了，只记得他每天下午三四点钟放学回来，总是大声唱着外国歌曲，"啊哈哈"地经过我家走廊窗下，回到他自己房间去。当时我的父亲正在养病，常常下午的睡眠被他吵醒，因而为之慨叹。这位中法大学的学生，在北平沦陷后的第二年，就去法国留学去了，以后再也没有回来过，算来是七十多岁的老人了，向他致以遥远的祝福吧。另外前面说到的各位，大多均已成为古人了，只有鲍文尉老先生还婆娑人间，前年在上海遇到，已八十六七岁，说北京外国语学院已分到房子，不久要回北京去，并意味深长地对我说："我要天天看西山……"其襟怀可以想见了。

在文化古城期间，中法大学的学生，按照规定，在国内读两年，成绩合格，即放洋留学，到法国去读后两年。这一点是十分吸引人的。但是它的人数也并不太多，据一九三五年资料记载：

> 私立中法大学，校长李麟玉，创办于民国九年，由预科改办，学生人数二百余人，学杂各费每学期十五元，校址东皇城根八棵槐，电话东局一八二。

学生只有二百余人，可见其少了。这是为什么呢？当然，办学规模有一定限制，这是原因之一。另一原因，就是它外国文考法文，当时北平，只有孔德学校的外国语是法文，可以为它输送学生。其他中学外语一般都是英文，投考中法大学，有一定困难。其他城市中学，专学法文的也很少。因而报考中法大学的学生，数量是有限的。

前引简介上说"由预科改办"，这是什么意思呢？还必要从这所学校的创办历史说起。第一次世界大战后，中国在巴黎和会里失败，在北京，爆发了五四运动，这时候在法国的李石曾、蔡元培、吴玉章等人，创办了一个"留法勤工俭学会"，以"勤于作工、俭以求学"的宗旨，号召一些中国青年到法国留学。但这个留法勤工俭学会组织中国青年去法国的实际工作却为李石曾把持的华法教育会所垄断，在此基础上，他办起了里昂中法大学，后来华法教育会的另一发起人吴稚晖也到了巴黎，不久，华法教育会会长蔡元培也到了巴黎，其间闹了很多风潮、斗争……这些都不必细说，但法国里昂的里昂中法大学是办起来了。接着，在北京也成立了中法大学，北京的作为"预科"，招学生学法文，为到法国里昂中法大学读书作准备，所有经费，是根据一九二一年华盛顿会议法国代表白里安（当时法国总理）向中国代表表示退还庚子赔款。一部分作为整理中国实业银行的借款基金，一部分拨作中国教育经费，具体数字，是每年退回赔款一百万金法郎，作为兴办中法教育之用，共二十三年，计二千三百万金法郎。里昂中法大学、北平中法大学，所有预算经费，都由这笔款子中拨付。

中法大学有一个董事会，董事长孙宝琦，副董事长熊希龄，董事有张弧、范源濂及法国公使玛特路等人。第一任校长蔡元培，第二任李石曾，第三任李书华。前引资料所记校长李麟玉，又在李书华之后了。

中法大学的学院不以文理法命名，而以法国历史文化名人命名，如哲学名"孔德学院"，是以十九世纪法国著名实证主义（前期社会学）哲学家孔德（Auguste Comte，一七九八——八五七）命名的，数、理、化等自然科学名"居里学院"，自然是以居里夫人命名的。法国文学系叫"服尔德学院"、生物叫"陆谟克学院"，服尔德是法国十九世纪著名文学家，陆谟克是法国十九世纪著名生物家。中法大学校部在东皇城根（沦陷时期这里一度改作伪北京大学法学院）。而在文化古城时期，它的孔德学院在阜城门外，贾植芳教授在《忆诗人覃子豪》一文中写道：

　　一九三二年夏天，我随哥哥贾芝从山西家乡到北平考学校，他进入坐落在阜城门外护城河边

的中法大学孔德学院高中部（预科）……孔德学院
是一个世外桃源式的生活和学习环境，高楼深院，
花木茏葱，一派肃穆幽静的学院风光，他们生活
在这个似乎远离尘世，而又饱受西方文化熏陶的
小天地里，结社写诗，各自抒写着自己对人生的
感受和追求……

话虽然不多，却把当时这种学校的文化气氛写得
非常生动。

中法大学的成立小史及校舍情况大体是这样的：
民国六年，留法勤工俭学，在西山碧云寺成立法文预
备学校，设文、理两科，后改称中法大学。民国十年，
法国成立里昂学院，北京中法大学学生出国有了固定
据点。民国十三年，阜成门外设孔德学院，即社会科
学院。民国十四年，移文科于东皇城根，改称服尔德
学院，理科称居里学院，生物研究所改称陆谟克学院。
民国十八年，药学专科成立。民国十九年，在南京教
育部备案、立案。民国二十年，成立镭学研究所，成

立医学院。同时改服尔德学院为文学院，改居里学院为理学院，陆谟克学院为医学院，孔德学院为社会科学院。二十三年社科并入文学院。

刘半农氏在中法大学担任过中国文学系主任，与他同时留法同学汪申伯担任法国文学系主任，后来汪又出任北平市工务局长，政绩很好，这是东北系周大文当市长时的事，不久周大文下台，一朝天子一朝臣，汪申伯的局长也不稳了。清代百姓挽留好的地方官，常在其离任时，把他的靴子脱下来，意思是不许他走。刘氏便也为汪写了《为汪局长脱靴》一文，文章内容与中法大学有些关系，择录几段于后：

　　我们俩虽然同是法国留学生，在法国时，只是见过面而已……后来回了国，虽然同在中法大学做过几年事，只是开教务会议的时候见见面，平时很少往来。在开教务会议时，我们俩往往拍桌子吵架，因为他是法国文学系主任，我是中国文学系主任，亦许有一个学生，法文好而中文不好，他说可以升级，而我说不能，或另有一个学生，情形与此适相反背，均足以叫我们俩抬起杠来。但结果总是雍容大雅的李圣章先生（李书华字圣章）提出个办法来。再加之以春风满面的范濂清先生说几句好话，我们俩彼此掏出支烟卷敬一敬，也许不再面红耳热而从长计议了。

从这段文字中，可以看出一些中法大学教学比较认真的情况，以及几位主要教授和负责人的关系。再看另一段：

有一时我对申伯很不敬，因为他在服尔德学院的院子里造了一座灯台，是个瘦而小的白石亭子。我说："糟糕！这是什么东西？是纸扎铺里做的望乡台！"这话我当时没有好意思同他当面说，后来老老实实的说了，他并没有提出抗议。

这小段文字，记了服尔德学院，就是中法大学文学院。汪好像比刘负责，因为还管基建。再看另一段：

两年前，他替中法大学建造大礼堂，所花只是七万五千块大洋，可是大礼堂有了，两个大客堂也有了，图书馆也有了，书库也有了，里面是电灯自来水、汽炉，以至于一冲百里的洋茅房也有了。观瞻也好，又合实用，而且省钱。这真叫我大吃一惊！天下竟有这样的便宜货。于是乎我对汪申伯不得不刮目相看。

从这段文字，可以知道现在还存在的原中法大学大礼堂等建筑是汪申伯以极少的代价造的，说明中法大学当年是有人才的。至于他作为北平工务局长的政绩，不在本文范围之内，就不必多引了。

中国大学

在文化古城时期，除国立、公立的学校外，其他学校，大多冠以"私立"二字，以示区别，而私立学校，都要在政府教育机构立案，才承认其资格，文凭才有效。大学要在南京教育部立案，中学、小学要在市教育局立案。中国大学据一九二九年《教育年鉴》记载，还只有文、法两科，不具备"三个学院才能成立大学"的条件，因而当时只叫"中国学院"，直到三十年代中后期，才逐步办起理科，这样才具备了"三个学院"的条件，立案称为大学。因为据一九三五年资料记载，还是叫"私立中国学院"，校长王正廷，校址西单二龙坑。于此亦可见，当时对大学的法定要求还是比较严格的。

再有同样是私立学校，又有两种不同情况，一种是外国教会办的，社会上习惯叫作"教会学校"；一种是中国名人自己办的，是真正私人办的私立学校，因而虽然同叫"私立"，却大不相同。即前者经费有来源，所属教会每年会拨专款给学校。有钱便可建校舍，请好教员，不滥招学生，能保证质量，学校就越办越好。后者无固定经费，盖不起校舍，买不起好仪器，请不起名教授，学校只靠学生的学费来维持。刘半农氏在《辅仁大学的现在和将来》一文中曾经说到这种情况道：

平市有几个私立大学，并无固定经费，办学人希望多多益善，因为学生的学费，关系学校的生命。辅大则不然，每学期所收全体学生的学费，不过学校开支的十分之一。

中国大学就是这样无固定经费的学校，其简单历史是：创办于民国元年冬季，租前门外一清末停办之学校为校址，初名"国民大学"，宋教仁、黄兴先后任校长；民国四年，与上海吴淞中国公学合并，称中国公学大学部，民国五年改名中国大学；民国十年，校长姚憾辞职，王正廷继任；十一年设募集基金委员会；十四年购得郑王府为新校址；十八年呈准国民政府，按月辅助万元，王正廷更向中比庚款委员会及各界募款，扩充校舍，建理化大楼及图书馆，计款十五万元。

刘氏的简短的话，正说明辅仁大学和中国大学虽然同样是私立学校，却是有原则差别的，前者有教会经费，可以"赔"，而且准备"赔"，所以能保证学生质量。后者却不然，"希望多多益善"，就是越多越好，人多钱多，这样录取学生的标准就很低了，多收一个学生，就多一份学费，学生多一些，经费足些，好歹还像个学校。中国大学的政治经济系，人数多的班级，有二三百人一班，在王府的大殿中上课，是当时文化古城中最大的课堂。用现在的说法，这就叫"上大课"。不过它有"大"无小，不分班，一直到底。这还算好的，因为还能招得进这些学生，另外当时还有几所招不进多少学生的私立大学，那就更惨。甚至可以随时报名，随时交费入学，入学考试也不必举行，考也是走走形式，这就是专门收学费、卖文凭的"学店"了。

学生来源，本来是高中毕业生，但有不少高中毕不了业的学生，有北平当地的，也有不少外地来的，而家里有钱，还想混张大学文凭，如果是名门闺秀呢，有张大学文凭作"嫁妆"，结婚时面子也好看些。也还有乡下土财主家的子弟，弄个"大学生"的身份，骗家长的钱，在北平花天酒地过都市生活，混日子……各种各样的学生，比国立大学、教会大学，就更要复杂多了。

文化古城时期，校长名义上是王正廷，但人在南方，校务由副校长周龙光、教务长方宗鳌负责。其时中国学院只有文、法两院，有中文系、哲学系，法学院有法律系、政治经济系，后来又陆续增设了商学系，又添设了物理、数学、化学、生物等系，不过这已是沦陷之后了。

我在志成中学读初一时，每天上学都要经过中国学院大门口，那三大间高高的王府正门，正中在梁上挂着白地黑字大匾，"中国大学"，署款"王正廷"，是很规矩挺拔的欧阳率更的字体。门口还有"请愿警"站着（"请愿警"是一个专名词，现在已很少人明白它的意思了。就是他的编制是警察局的警察名额，而其工资则由担任警卫的单位开支。这样警察分局把他的月饷就入了局长的私囊了，只是发给他制服而已。本人在学校门前站岗守卫，比在马路上站岗清闲，而且薪水还可多两元，校长、教授、阔学生逢年过节还给门房、警卫室一些赏钱。收入较局中一般警察为多。当时各大学、著名中学，甚至阔人住宅门口，都可以向所在分局申请派"请愿警"来站岗），十分气派。在校门口西面，路旁有个大土堆，实际是煤球灰、垃圾等堆成的，比围墙还高，里面正是操场，我和其他小同学们，放学回来，经过此处，总爱走到土堆上，向里面眺望，有时遇到赛球，便在上面看赛球，其他路人也走来立观，这样这里便成为一个"土堆看台"了。我们总是看得十分起劲，除去球赛而外，还看到里面的房舍，东面一大排、一大排的绿色琉璃瓦的宫殿建筑，隔开操场，还有亭子、一角假山、回廊，西北角上还有一座没有完工的红砖西式三层楼……在印象中，觉得站在这个土堆上看这所学校，真大！后来，有一次，跟着所在中学高中部的篮球队进去，我和另一个小同学，没有看球赛，却在里面乱转起来，把这个学院跑了个遍，一直跑到这个停了工的西式三层楼上，放眼一望，才似乎得到了最大的满足。

当时只知道中国学院的校舍是清代的"郑王府"，而对于这个著名王府的知识，却是后来才知道的。清末王闿运《湘绮楼日记》同治十年（一八七一）三月六日记云：

六日……同车入城，至二龙坑劈柴胡同，见豫庭二儿，一曰征善，出继故郑王端华；二曰承善，年十八，甚英发。园亭荒芜，竹树犹茂，台倾池平，为之怅然。

这则日记中"豫庭"说的是谁呢？那真是提起此人，大大有名，就是咸丰临死时，托附八个顾命大臣之一、后来被那拉氏杀头的肃顺。他哥哥郑王端华是被赐死的，也是顾命大臣之一。中国学院校址就是买的端华的府邸。端华是郑亲王乌尔恭阿的儿子，袭爵，肃顺是第六子，本字"雨亭"，从"风调雨顺"的"顺"字起的，日记写作"豫庭"，本可谐音，也似有忌讳意。郑王府在当时是名府，花园特别出名，在钱泳《履园丛话》中就记载道：

惠园在京师宣武门内西单牌楼郑亲王府，引池叠石，饶有幽致，相传是园为国初李笠翁手笔。园后为雏凤楼，楼前有一池水甚清冽，碧梧垂柳掩映于新花老树之间，其后即内宫门也。嘉庆己未三月，主人尝招法时帆祭酒、王铁夫国博与余同游，楼后有瀑布一条，高丈余，其声琅然，尤妙。

惠园很著名，在当年远比后来的恭王府花园名气大，不过在百年之前已荒芜，到了中国学院时代，什么"引池叠石"等，只剩下一点残迹，大面积园林，都已改作大操场了。

文化古城时期，同学方绍慈的父亲方宗鳌氏在中国学院做教务长，他的母亲方政英氏在学院教日文。方氏广东人，其夫人则日本籍，住在宣武门外方壶斋。当时学院中著名教授并不多，但在几所中国私人办的大学中，还是比较著名的。

一九九〇年二期《燕都》载有赵乃基先生《郑王府与中国大学》一文，详记向郑王后人绍勋买王府的事。其契约云：

立和解契约人：天主堂

绍　勋

中国大学

今因绍勋欠天主堂债款本利十九万余元，前因追诉执行，兹由中人调停，将坐落二龙坑郑王府，由绍勋卖与中国大学，以现洋十五万五千元，抵偿绍勋欠天主堂债款全额，当日交清，从此天主堂与绍勋债务清结。该府第有任何纠葛，以及审判厅大理院等等，均不与天主堂相干。所有双方诉讼费用，各自负担。同中将绍勋作押房契交出。关于绍勋借券，尚在法庭，俟领出再行交付。恐口无凭，立字为证。

做个文抄公，录下这份文书，用存掌故吧。

"七七事变"，北平沦陷后，除一些教会学校外，其他私立大学都办不成了。而中国学院却继续办了下来，而且不再叫"学院"，直接叫"大学"了。西北军时代曾一度担任过北平市长的何其巩氏担任校长。原教务长方宗鳌氏出任日伪教育总署署长（按，日伪编制，"总署"最高长官名督办，相当于部长，副职为署长，有二，相当于次长，一为方宗鳌氏，另一为张心沛）。这样中国大学在何其巩氏主持之下，靠学生学费维持，因为人多，虽然困难，但也维持下去了。有不少不愿到日伪学校任教，又一时去不了抗战大后方的名教授都到中国大学来任教了。俞平伯先生原在清华，沦陷时，担任了中国大学中文系主任。待一九四一年底太平洋战争爆发后，燕京大学被封门，有些名教授也到了中国大学，如著名的张东荪先生、历史家齐思和先生，还有邓以蛰先生（著名原子物理学家邓稼先之父）、孙人和先生等位，一时都往来于二龙坑路上了。

尚有一件小事，值得一提，校门斜对着，一家在后墙上开门的小饭馆"有缘居"，专门做中国大学学生的生意，黄公酒垆，今天还能引起谁的回忆呢?

学人轶事

任公词联

据传在北京大学名教授王力老先生书斋里还挂着一副梁任公写的集宋词联语：

人在画桥西，冷香飞上诗句；

酒醒明月下，梦魂欲断苍茫。

上联上句出自向子𬤇《临江仙》，下句出自姜白石《念奴娇》；下联上句出自姜白石《玲珑四犯》，下句出自吴梦窗《高阳台》。今天看来，这副对联之珍贵，已不是什么价值连城之类的词语所能形容的了。连城之璧是美玉，地下宝藏，还有发现的可能；而任公却早已成为古人，他自然不会再写了。而他活着的时候，所写这样的联语，也并不是很多。几经秦火之后，这种纸片玩意儿，能够不变为灰烬，而保存到今天的，又有几副呢？

任公写这种联语，是在一甲子之前了。前多少年呢？再往前推个两三年，说起来还是受到陈师曾先生的启发。陈享寿不永，中道凋谢，当时文坛艺苑，莫不痛悼。陈生前多才多艺，绘事金石之外，辞翰华丽，又喜集宋人姜白石词为联语，以篆书书之。《花随人圣庵摭忆》记云："前人集词为联，多摘四字、八字为对偶，至多十余字，师曾始专集姜白石词为长短联语数十。记尝一日过予，举《扬州慢》中'波心荡冷月无声'，谓可对《琵琶仙》'春渐远汀洲自绿'否？此联后竟缉成，警彩绝艳，即任公先生后此所举者也。"所说任公所举陈联为何呢？即：

歌扇轻约飞花，高柳垂阴，春渐远汀洲自绿；
画桡不点明镜，芳莲坠粉，波心荡冷月无声。

黄秋岳说"警彩绝艳"的四字评语，是十分恰当的。一九二三年秋在宣外江西会馆开陈师曾追悼会，展出陈的遗作，就挂着这副对联，任公看了，极为叹其工丽。第二年任公住医院养病，由"谢公最小偏怜女"梁思懿陪着，曾有文在《晨报》记当时心情道：

> ……我的夫人从灯节起卧病半年，到中秋日，奄然化去……半年以来，耳所触的只有病人的呻吟，目所接的只有儿女的涕泪，丧事粗了，爱子远行。中间还夹着群盗相噬，变乱如麻，风雪蔽天，生人道尽。块然独坐，几不知人间何世。哎，哀乐之感，凡在有情，其谁能免？平日意态活泼，兴会淋漓的我，这会也嗒然气尽了。

病榻边放着汲古阁的《宋六十家词》、王幼霞刻的《四印斋谱》、朱古微的《彊村丛书》，上述心情，便以读词集联消遣。集成二三百副之多。曾在《晨报》六周年纪念特刊上发表了许多副，其前言中云："去年在陈师曾追悼会会场展览他的作品，我看见一副篆书的对……今年我做这个玩意儿，可以说是受他的冲动。"
同时并发了一些议论道：

> 骈丽对偶之文，近来颇为青年文学家所排
> 斥……但以我国文字的构造，结果当然要产生这
> 种文学，而这种文学，固自有其特殊之美，不可
> 磨灭……

一个多甲子过去了，"排斥"也罢，"特殊之美"
也罢，"不可磨灭"也罢，今天谁又能集宋词为缠绵悱
恻的联语呢？恐已是《广陵散》了。

任公集宋词联语，最得意的一副是送大诗人徐志
摩的：

临流可奈清癯，第四桥边，放棹过环碧；
此意平生飞动，海棠花下，吹笛到天明。

此联我在过去写法源寺的小文中，曾引用过。现

本着"好书不厌百回读"的原则，再抄出来供大家欣赏。任公自赏此联说：

> 此联极能表现出志摩的性格，还带着记他的故事：他曾陪泰戈尔游西湖，别有会心。又尝在海棠花下做诗做个通宵。

这副任公最为得意的联语，共集了六个人的词句，上联出自吴梦窗《高阳台》、姜白石《点绛唇》、陈西麓《秋霁》；下联出自辛稼轩《清平乐》、洪平斋《眼儿媚》、陈简斋《临江仙》。任公亲手写了送给诗人。诗人不幸坠机仙去，此联留在其爱侣陆小曼女士处。友人古建筑家陈从周教授，是诗人表弟，曩时曾将此联拿来，供大家欣赏，后捐赠浙江省博物馆。叶圣陶丈又为从周兄写了一副小篆的，也十分漂亮。现在他手中只有这副了。

任公当时曾把所集联请朋友们自拣，然后再用宣纸写给他们。挑的人很多，胡适之挑的是：

胡蝶儿，晚春时，又是一般闲暇；

梧桐树，三更雨，不知多少秋声。

上联是张泌《胡蝶儿》、辛稼轩《丑奴儿近》；下联是温飞卿《更漏子》、张玉田《清平乐》。

丁在君（文江）挑的是：

春欲暮，思无穷，应笑我早生华发；

语已多，情未了，问何人会解连环。

上联温飞卿《更漏子》、苏东坡《念奴娇》；下联牛希济《生查子》、辛稼轩《庆宫春》。

任公的字，有浓厚的书卷气，端庄妩媚，使人爱不释手。任公在日本时，恭楷写诗稿寄给其师康南海，南海在诗稿上批云："何不直学龙藏寺。"南海主张写"碑"，不主张写"帖"，因任公笔势，教其写此隋碑，所以任公书法得力于此。按，《龙藏寺碑》是著名隋碑，是极为瘦劲严谨而又娟挺典丽的楷书，是初

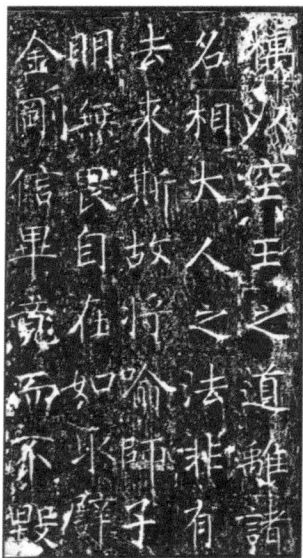

隋《龙藏寺碑》

唐楷书的先声。此碑现在还在正定大佛寺中。当时北京南纸店伙计，都会裁纸打格子。纸也好。雪白的玉版宣、夹贡宣，又厚实，又细腻，伙计裁成对联，再按照十七个字、十五个字等等，打好鲜红的朱丝格。先边框，再中间宽、两边窄，三行竖格；再中间宽行按字数打好横朱丝方格。方格写联语，窄竖格中，里行注明所集句子的作者、词牌，外行上下首写款。纸色雪白，朱丝鲜亮，墨色黑亮，图章古拙，再加词句、书法，浑然一体，构成足以代表中华数千年文化精粹的艺术结晶。不读几十年书，能欣赏这个吗？这种对联的佳处，在于妩媚谨严、典雅娟丽之美。什么艺术都是配合，这样的联语，就适宜于用玉箸篆，曹全碑八分书，龙藏寺楷法书之，才相得益彰，炉火纯青。如以古拙的衡方碑，狂放的怀素草书写之，就不相称了。

我是一九五三年南调的，调工作时部中应允，我父亲留在北京，继续住在宿舍中，一九六五年，电力部忽然来文，要我把留京家属接走，我只好回京收拾破烂，准备搬家。一次，拿了一个景泰蓝面盆到隆福寺东西市场去卖，在一个古玩摊上看到挂着一副任公集宋词联：

　　呼酒上琴台，把吴钩看了，栏杆拍遍；
　　明朝又寒食，正海棠开后，燕子来时。

标价只四元。我卖破烂刚得了十余元，真想把它买下来，徘徊了一个多钟头未忍离去，口中不停地念着吴梦窗、辛稼轩等人的词句，最后还是依依不舍地离开了。虽然事隔多年，可是词句记得清清楚楚，边款长跋的样子还记得，文字上款忘记了。

十年前，吕贞白先生为我写一联，集白石句云：

唤起淡妆人，更何必十分梳洗；

商略黄昏雨，莫负了一片江山。

这副联语，我十分喜爱，现在还挂着，可是贞白先生作古亦已五六年。

王静安

一、自杀琐话

过去北京清华园中有"海宁王静安先生纪念碑"一座，碑文为陈寅恪撰。海宁王静安先生国维，去世已五十五年矣。民国十六年（一九二七）六月二日，自沉于颐和园鱼藻轩前昆明湖中，临终只留下了"五十之年，只欠一死，经此事变，义无再辱"四句话，更无其他遗嘱，一代学人，就这样谜一般地自杀了。据丁文江编《梁启超年谱长编》载该年六月十六日任公写给梁令娴的信道：

　　我本月初三离开清华，本想立刻回津，第二
天得着王静安先生自杀的噩耗，又复奔回清华，
料理他的后事及研究院未完的首尾，直至初八才
返回津寓。现在到津已将一星期了。静安先生自
杀的动机，如他遗嘱上所说……他平日对于时局
的悲观，本极深刻，最近的刺激，则由两湖学者
叶德辉、王葆心之被枪毙。叶平日为人本不自爱
（学问却甚好），也还可说是有自取之道，王葆心是

七十岁的老先生……卒致之死地，静公深痛之，故效屈子沉渊，一瞑不复视。此公治学方法，极深极密，今年仅五十一岁，若再延寿十年，为中国学界发明，当不可限量。

这时梁任公是清华学校国学研究院负责人，王静安是导师。最早记其死因甚清楚。而人们在惋惜伤感之余，不免思考起他的死因来。甚至有的说罗振玉剽窃了他的稿子，有的说罗振玉欠了他的钱不还，等等，不一而足，总是把王国维的死拉址到罗振玉身上，或是把王国维之死归之于钱，而却很少从性格、信仰、学术理论、政治上分析他的死因，所以，总难免隔靴搔痒之感了。

静安先生弃世时，正在清华国学研究所执教，同时执教的除院长梁启超外，尚有陈寅恪、吴宓，以及在美国去世的赵元任先生。静安先生去世后，陈寅恪先生在一首挽诗中，有一段注解说：

甲子岁，冯（按，指冯玉祥）兵逼宫，柯、罗、王约同死而不果，戊辰冯部将韩复榘兵至燕郊，故先生遗书谓"义不再辱"，意即指此。遂践旧约自沉于昆明湖，而柯、罗则未死。余诗"越甲未应公独耻"，即指此言。

甲子逼宫，是指把溥仪赶出故宫。柯、罗是柯劭忞和罗振玉，即三个人相约同为清朝自杀，另外两个人只是唱唱遗老的高调而已，并不想真死，而静安先生却真的学屈原的样子，跳到昆明湖去死了。日期比端午节还早两天。他一死，一些围着溥仪转准备重做大官的人，拿他大做文章，说他为清朝而死，为他请谥，让住在天津日租界张园的溥仪封他为"忠悫公"，并派贝子溥忻上祭，赏陀罗尼金被并大洋两千元。好像有了他做样子，溥仪就真能够再做宣统皇帝了，又何能理解他的思想信仰呢？

实际上他并未做过清朝的什么大官，也没有功名，只不过是清代末年学部的一名工作人员而已。一九一二年在日本写给铃木虎雄的信中云：

《颐和园词》称奖过实，甚愧。此词于觉罗氏
一姓末路之事略具，至于全国民之命运，与其所
以致病之由，及其所得之果，尚有更可悲于此者，
拟为《东征赋》以发之……

信中不称"朝廷"等词，直称"觉罗氏一姓"，
可见他并不以遗老自居。似有忧国忧民之民主思想，
而十几年后，在溥仪的内廷行走，给友人写信左一个
"上"，右一个"入直"，最妙是给上海蒋汝藻写信，
郑重其事借"纱蟒"，说太妃过生日，给太妃拜寿。收
到后还说"感荷之至"。真难想象这样有学问的人穿上
蟒袍给宫里的一个老女人跪下磕头，几乎成为滑稽戏
中的人物。相对比同时的梁任公，觉其思想境界相差
悬殊矣。

在他跳昆明湖自杀时，清代的那些大大小小的官
儿还多得很，而另一些王公大臣也还活着，在北京深
宅大院中，在天津、上海租界地里，照样吃喝玩乐，
并没有人去死，而只有他去死了。便又有不少人可惜

他的呆气，觉得他太犯不着。静安先生一死，倒变成了一些遗老们的好诗题，浙江诸暨周善培在一首题为《王静安投昆明湖殉国为诗哀之》的律诗中写道："入地觐天知慰藉，十朝待士竟何如？"好像清朝待读书人真的太好了，所以王静安跳湖殉节。人们却不禁要问：你自己又如何呢？清朝那些血淋淋的文字狱的账如何算呢？真是莫名其妙！

其死因在其悲观厌世的心态上，还有一重要因素，就是他的长子（罗振玉女婿）王潜明于一九二六年八月二十日死在上海。儿媳与他又有意见。丧子之痛，又加家庭不和，对其心理自然也造成很大压力。

静安先生一死，写挽诗的人很多，连跟他相约同死而未死的凤苏老人柯劭忞也写了感怀伤殁诗：

历历三千事，都归一卷诗。

秦庭方指鹿，江渚莫燃犀。

管郐君无乔，唐虞我已知。

文章零落尽，此意不磷淄。

"管邴"是指汉末的管宁、邴原，都是汉末避乱隐居的人物；"不磷淄"是不薄、不黑，哀伤怜惜之意未变。柯凤荪哀悼王静安，没有把他扯到"殉国"、为大清而死等等上去，这是这位清史馆馆长的高明之处，他只是叹息"文章零落尽"而已，从这点感慨王国维之死，多少还沾一点边的。

因为静安先生，不管从哪一方面说，他始终是位学者，而不是清朝的一名官吏。他生于光绪三年，即一八七七年。读书之后，并不是去应科举，而后来是进了学校。一九〇〇年前后，在上海东文学社读书，学日本文及西方科学知识，一九〇一年去日本留学，进东京物理学校。一九〇三年任南通师范学堂、苏州师范学堂教习，均教心理学、伦理学、哲学。

▼ 王国维

▶《北平笺谱》书影

▼《北平笺谱》书影

光绪三十二年，经罗振玉之介到北京，在学部总务司行走。当时清政府体制已改革，张之洞任军机大臣兼领学部，不少学者都网罗在学部中。静安先生到京师图书馆任编译，后调名词馆协调。这是在清朝所担任的职务。清代分"官"和"差事"，外官小的如典史、县丞，内官如主事、郎中等等，再小也有个"衔"。差事是具体工作。严格说来他所任只是"差事"，还够不上"官"。一直到一九二三年，他才接受了溥仪的伪旨：在南书房行走，食五品俸。似乎已经身列清秘了。但那已是清朝覆亡后的第十二年了。过了一年多，溥仪就被赶出故宫了。他这个五品俸实际上是连剔庄货也赶不上的破烂。他的学问才华，足以比美他的同乡前辈，康熙时南书房行走的查慎行，但是时代相差太远了。静安先生是很精明的人，这点他怎么会不明白呢？不过也亏得他死得早，不然也许会跑到"满洲国"，出现更可悲的身败名裂的情况，那就更是千古恨事了。

在他死前没有多久，正值清华园花开之时，湘人章孤桐（士钊），蜀人曹纕蘅（经沅）曾去清华看他。死后挽诗起句云："匆匆执手记花时，危语辛酸最可思。"亦可想见他当时的思想情况了。章行严先生化去多年，可惜生前没有写点回忆王静安的文字。陈寅恪有挽观堂长诗，序言对其死因从文化理论上论述甚当。现在《寒柳堂集》已出版，读者可以去看，无须赘述了。

二、 一封信

去年春天我在上海图书馆善本室看书，边上一位同志正在看静安先生父亲的日记《娱庐随笔》，在日记中，夹着一张折起来的字纸，展开一看，原来是静安先生写给他父亲的一封信，这真是意外的收获。这位同志顺手给我看，我便把它抄了下来。现加标点引在下面：

父亲大人膝下，敬禀者：

男十一日寄一禀亮已收到，男十二日由通动身，昨抵沪，时已昏黑，是日无三公司轮船，即搭美最时行之美顺轮船。船停浦东，因嘱长春栈接客，将行李等用船运至该栈，迫至码头，检视行李，则见箱锁已断，行李尽湿。细行检查，失去整包英洋壹百元及纸卷等物（内有朱香直联等）。另包洋拾陆元及陈枚叔托带洋十二元未失。昨日一面报明捕房请缉，（小字注云：该栈自知不了，亦已报捕。此箱旁人见系落水，其洋或落水，或拾起后藏匿，虽不可知，唯箱已交该伙，其责任自全在该栈也。）今日托汤蛰仙（渠署两淮运使，函请不往）沪道饬会审公堂提该栈主索赔。男为此事不搬农馆，仍住栈中。叔蕴闻须于年底返沪，男总须此事停妥后方可还家，大约非一礼拜不能了此。此事恐不能全璧而归，况皮衣尽失，所损为不小邪？男虽住栈，不过夜间住此，有谕仍寄农报馆可也。专禀。

敬请

福安

男国维百拜　十四日

这封信不是写在信纸上，而是写在一张长方形白棉纸上，纸有五六寸高，共十五行。现在看是很有趣味的一封信，从信中好像看到二十六岁时年轻的王国维的影子。这封信是一九〇三年写的。他一九〇一年去日本东京物理学校留学，一九〇三年任南通师范教习，一九〇四年任苏州师范教习，教心理学、伦理学、哲学。这封信似是在南通师范寒假中回海宁路过上海时写的。从信中语气上，可以看出他二十六岁时精明强干的神气。而这年正是章太炎、邹容等志士仁人因"苏报案"在上海西牢系狱的时候。在此后三年不到，王氏即因罗振玉之介，到北京清政府学部总务司行走，后任京师图书馆编译，名词馆协调，直到辛亥革命，清政权结束。无疑，这封信对研究他早期的思想是很有参考价值的。

这封信已收到中华书局出版的《王国维全集》"书信"册中。

柯劭忞

《清史稿》已经加了新式标点出版了，这对学术、文化界都是一件重要的事。我不禁想起了当年负责编撰《清史稿》的一位胶县学人柯劭忞氏。

辛亥后，成立"清史馆"，第一任馆长是赵尔巽，这位清代最后一任东三省总督，又兼将军的汉军旗，是一位标准的"遗老"，当时曾自谓"做清朝官，为清朝人，吃清朝饭，修清朝史"以解嘲。不过他思想虽然落后于时代，而对史馆延揽人才上却是很可取的，柯劭忞氏就是他延揽的修史专家之一。其后，赵尔巽不久去世，清史馆即由柯氏主持。经过十三年的惨淡经营，于一九二七年终于完成了这部五百三十六卷的庞大史书，柯氏是贡献了力量的。一九二九年年底，《清史稿》曾遭当时南京政府"永禁流传"的严令，这据说是因高阳李石曾氏的鼓动。说来，这也是一段早已被人遗忘了的历史公案了。

柯氏字凤荪，号蓼园，山东胶县人，是晚近极为著名的北方学者。同治九年中举人，年只二十一岁，直到光绪丙戌（一八七六年）始成进士，去中举已十六年，是时柯氏已三十七岁。后来曾历任湘南学政、国子监司业，并被派往日本考察学政。后任大学堂（北京大学前身）经科监督、总监督（即校长）。

柯氏的父亲虽未得科名，但经史之学极有根底。其母为掖县李长白之女，是当时有名的闺阁诗人，其《乱后忆书》诗云："插架五千卷，竟教一炬亡。斯民同浩劫，此意敢言伤。……"此诗曾传诵一时，由此诗亦可想见柯氏幼年母教之熏陶了。柯氏早慧，世传其七岁时名句有"燕子不来春已晚，空庭落尽紫丁香"，很可看出一位早慧的儿童的情思。柯氏与北洋政府临时大总统徐世昌是丙戌同年翰林，曾参加徐世昌的"晚晴诗社"，于编史之余，时事咏吟，诗虽非其专长，然亦甚清逸，其题《水竹村人江湖垂钓册子》云：

> 箬笠蓑衣一钓竿，白苹洲渚写荒寒。
> 不知渔父住何处，七十二沽烟水宽。

不论其"史"，仅论其诗，亦足以传了，何况还有其举世闻名的大著作《新元史》呢？柯氏因其文名，还得了一段姻缘：柯氏元配夫人去世较早，继配即桐城吴汝纶之女。据闻议婚时，汝纶先生夫人因新婿年龄与其女相差较大，且系续弦，坚不同意，但挚甫先生爱柯之才，因而坚决主张这门婚事，而且终成婚配，吴氏也是一位颇有才华的女士哩。

王静安在溥仪南书房行走时，柯氏也同样在宫中行走。在一九二四年一月写给罗振玉的信中记柯一件趣事云：

> 凤老今晨上去面对半小时，语尚未闻，入时

因身重，轿索断，致坠地，然未受伤，可谓吉人天相也……以凤之高年直前，恐当上必应感动，其坠车时想上必闻之。

柯氏逝世于一九三三年，享寿八十四岁，比王静安先生晚死六年，多活三十三岁，在当时也算是享高龄了。柯氏不但家学渊源，幼年早慧，更重要的在其一生专心致志，治学勤恳，幼年因用功过度，身体很差，在治史之余，兼研医理，有很好的岐黄之技。而且兼治算学，能手制仿古算学仪器。开始不解"天元"（现在代数）之术，终日苦思，闷闷不乐，忽然有一天在吃中饭时，大叫起来："我懂了，我懂了！"从此便解"天元"之术，真所谓"思之思之，鬼神通之"了。

柯氏一生最负盛名的大著作是他的《新元史》，这是用了三十年苦功才完成的。柯劭忞光绪三十年（一九〇四年）做国子监司业，他入学（府考中秀才）时取中他的老师，即当年胶州知府四川宜宾人陈代卿来京看他，写有《北游小记》，曾云："柯凤荪少司成，余权胶州时

▶《新元史》书影

所得士也。……著有《新元史》，尝得欧洲秘藏历史，
为中土所无。余在京见其初稿，以为奇书必传。"其后
又过了十五六年，徐世昌做大总统时，《新元史》刻成
出书，徐氏对之备加称扬，并通令列为"正史"之一。
徐世昌固然是帮老同年的忙，而《新元史》本身则自
有其重要的学术价值，为此柯氏荣获日本东京帝国大
学文学博士学位，这是六十年前中日文化交流史上的
一段佳话。

中国当年在日本的留学生极多，而得到博士学位

的极少。何况柯氏又没有在日本留过学，只是清朝的翰林，曾到日本考察过学政。以这样的资格获得日本博士学位的，在近代史中，只有柯劭忞氏一人，其原因就是因为一部《新元史》。当年日本东京帝国大学有"博士论文审查会"。根据不同的论文，聘请不同的专家来审查。审查《新元史》的是当年东京帝大极负盛名的史学权威箭内亘博士，时任教授。工作极为仔细认真。有一天他的学生仓石武四郎教授去看他，见满屋中摊的都是书，其师正在紧张查对资料。对他说：这部著作的价值可在博士之上，也可在博士之下，要把原书与旧《元史》不同之处，一一加以比较，查对核实评价之后才知道，所以这些工作是颇麻烦的。（大意如此。）可以想见当年帝大审查《新元史》时态度之严谨。不过后来毕竟是通过了审查，获得了学位。其后日本设"东方文化事业总委员会"，因柯氏为东京帝大文学博士，名重一时，因而聘之充任委员长。

柯夫人是吴汝纶女儿吴芝瑛妹妹吴芝芳。柯氏在家中对子女教育也很注意，后来燕狁（长子昌泗）先生以下兄弟等也都是有名的学者，不过静安先生对他们评价并不高，一九二二年写给罗振玉的信中说：

> 商君之书（指商锡永，字承祚之《殷虚文字类编》）已见首册，其说尚平实不支，即此已为远到之基。胜于燕舲弟兄远矣。

静安先生这点上很有眼力，这几位可惜相继都潦倒以终，今日知之者甚少了。

十几年前，全国政协董一博老校长想让我整理孙墨佛老先生的《书源》，准备出版，因数量过大，无法接受这一任务。不过已看了一九三五年商务印书馆印的此书的十篇名人序言。第一篇是柯凤老写的，最后一篇是燕舲先生写的，父子二人为此书十分捧场了。我和燕舲先生很熟，多次到其广宁伯街家中去看望，不过也是四十五年前的事了。

胡适之寿酒米粮库

　　"我的朋友胡适之"，这是文化古城时期流行于学术、文教界的一句话，正面用这句话和反面用这句话的都有，不过现在知道这句话的人已不多，而且有资格说这句话的人也已渐如凤毛麟角，越来越少，最近听说汪原放老先生也已作古了，这在当年也是有资格称"我的朋友胡适之"的一位。

　　胡适之先生于抗日战争之后，回到北京（当时称为"北平"）任北京大学校长之职，同时名义上还兼中文系主任，而校务繁忙，自然没有时间兼任，系里的事委托杨振声先生代理，杨先生则又因健康关系，不能到校，实际工作则由唐兰先生负责，唐先生亦于前年病故，三位先生，都是古人了，但他们作为学者的风范则仍留影响于人间。

胡先生当时虽然由驻美大使卸任，出长北大，但仍然是保持着学者的风度，不要看别的，单纯看衣着也可以想见其为人了。一年到头基本上都一件蓝布大褂，冬天罩在皮袍子、棉袍子外面是它，春秋罩在夹袍子外面也是它，夏天除去顶热的时候，穿夏布、杭纺大褂而外，不冷不热的时候，仍是一件单蓝布大褂。北京人把长衫叫作"大褂"，实际还是继承了清朝的叫法。而这蓝布大褂，当年似乎已成了由校长到学生的共同的"制服"了。穿着蓝布大褂，戴着黑边眼镜的校长和穿同样服装的教授、职员在一起，是很难分别出来的。当时他住在东厂胡同，即明代东厂的旧址，也曾做过北洋政府大总统黎元洪的府邸。这时由"日本东亚文化协会"接管过来，部分房屋作为北大校长住宅。他每天坐一部黑色雪佛兰汽车上班，车里总是放许多线装书。到了松公府夹道北大办公处门前下车上班，从未见拿过皮包，而总是抱一大抱书进去，下班回家，仍然是捧着一叠书出来上汽车，天天都是一样的。

有一次十分有趣：中文系开全体会，三位先生都来了，当时是冬天，杨振声先生器宇轩昂，衣服最讲究。散会之后，三位相偕一起出去，由松公府夹道新楼走到前面办公处去，杨先生人较修长，穿着獭皮领、礼服呢中式大衣，戴着獭皮土耳其式的高帽子，嘴中含着烟斗，走在最前面，胡先生身穿棉袍子、蓝布罩衫还夹着杨先生的黑皮包走在后面，唐先生又稍后些，三人边说边走，后面还跟着一大群同学。不知道的人，一定以为杨先生是校长，胡先生顶多不过是个秘书而已，哪儿能从他们的衣着中看出他们的身份和关系呢？于此也可以看出这几位先生的风范了。可能还有不少人记得这些事吧？

最近看台湾远流出版社的《胡适讲演集》第二册，上面有前中央研究院八十一名院士的合影，胡在第一排右数第四人，就是穿着袍子的。合影中大多着西装，只有三四个穿袍子的。张元济先生也在第一排，也身穿袍子，排在中间。

胡适之先生生于一八九〇年十二月十七日，即光绪十六年庚寅。如果现在还活着，那便是九十四岁的老人。现在长寿者多，比他年长的尚大有人在，他是死得比较早一些了。

胡氏安徽绩溪人，胡家是绩溪大族，他父亲胡铁花原在外省做地方官，清代谓之"游宦"；母亲是续弦夫人，过门时只十七岁，比他父亲小三十多岁，只生了他一个，没几年，他父亲就去世了，那时他只虚龄五岁。这是个十分重要的年代，正是"甲午"。其父原官江苏，后改官台湾，在台东、台南做知州。胡氏三四岁时，随父母在台东住过一年多，在台南住过十个月，他到台湾后讲演时自称是半个台湾人，把台东看作第二家乡。甲午之役，清室将台湾割让给日本，中国官吏均撤至厦门，他父亲胡铁花就客死在厦门。

胡氏是他母亲一手教导成人的。人常说严父慈母，而胡母却是集父严母慈于一身。母亲对他管教极严，幼时上学读书，放学回家，进屋门前，先要将一天所读的书背诵一遍，才准进屋吃饭。不然，立在门前重读，甚或跪在门前重读，直到读熟为止。十四岁到上海上学，三年才准许回家一次。胡适一九一〇年考取官费留学生，放洋留美，先学农业，后学政治经济，又学文学哲学，最后学成，获得纽约哥伦比亚大学哲学博士学位。有名的《文字改良刍议》就是在哥伦比亚大学攻读博士学位时写的，这篇文章打响了新文学运动的第一炮，也奠定了他一生享盛名、做学者、成闻人的基础。以上情况，在其《四十自述》一书中，写得很清楚，我只略作介绍而已。

胡氏后来做驻美大使，是他政治生涯的极限，于此而后，则美人迟暮，大可伤矣。

距今五十四年前，一九三〇年即民国十九年十二月十七日，是他四十岁生日。当时正是北京大学文学院人才济济的时候。那时他家住在景山后街米粮库。北大同仁便在他家为庆四十整寿。用的是东兴楼的席。出面贺寿的人有北平白镇瀛、宁波马廉、东台缪金源、织金丁道衡、湘潭黎锦熙、汉川黄文弼、吴兴钱玄同、唐河徐炳昶、绍兴周作人、北平庄尚严、沧州孙楷第、如皋魏建功。共十二人，都是著名学人，可以说是极一时之盛了。由他的大弟子魏建功撰文，好友钱玄同书写，写了一篇别开生面的白话章回小说体寿文《胡适之寿酒米粮库》。这篇寿文开始引他的《沁园春》"更不伤春，更不悲秋，以此誓诗……"作为引子，后面便说他对新文化的贡献，结束段云：民国十九年（一九三〇）十二月十七日便是他的四十整生日，他的朋友和学生们中间，有几个从事科学考古工作的，有几个从事国语文学研究和文字改革运动的，觉得他这四十岁的纪念简直比所谓"花甲""古稀"更可纪念……十九年他再住北平，定居米粮库，便赶上是生日，他从前自己诗里说"幸能勉强不喝酒，未可全断淡巴菰"，是早已受了酒戒了，这次生日应该替他开戒，好比乡下老太婆念佛持斋，逢了喜庆，亲友来给他开了斋好饱餐肉味一样。

如今为了要纪念"人""事""地"，便写了恁个题目：《胡适之寿酒米粮库》，后面并署名盖章。这篇名文，原件是钱玄同先生法书中的精品，现在则不知是否尚在人间了。至于那十二位贺寿的人，我所知者，似乎只有孙楷第先生硕果仅存，依然健在，其他都已是古人了。

当时还有吴其昌先生祝寿云：

加紧继续，千百世以后的文化运动；
切莫误会，四十岁便过了青年时期。

抗战初起时因汉奸罪死于非命的黄秋岳氏，当时也曾集辛弃疾词为寿联，共两副，其一是：

刘伶元自有贤妻，宁可停杯强吃饭；
郑贾正应求腐鼠，看来持献可无言。

另一副是：

扶摇下视，屈贾降旗，闲管兴亡则甚?

岁晚还知，渊明心事，不应诗酒皆非。

信中说"改天用宣纸写"，写了没有，就不知道了。

逛什刹海

过去曾写过什刹海荷花市场的小文，以寄托京华的仲夏夜之梦，光阴荏苒，不觉丙寅的夏天又到了。闲阅《胡适的日记》，忽然又看到荷花市场的风光，怎不令人勾起缠绵的华胥之思呢？

一九二一年七月二日记云：

> 婺源人胡光姚与汉军京口驻防赵家结婚，程敩甫先生硬要我出来为男家主婚人。今日午后二时行礼，礼堂在什刹海。天气热极，真是苦事。什刹海荷花正开，水边有许多凉棚，作种种下等游戏。下午游人甚多，可算是一种平民娱乐场。

我行礼后，也去走走。在一个古董摊上买了一幅杨晋的小画（杨是康熙、雍正间人），一尊小佛，这是我生平第一次买古董。

这段博士的日记，现代读者看了，只是一般的理解，自难知道其具体情况，更难引起感情上的沉思和遐想；而我却不然，读了这段日记，马上一个风光旖旎的画面出现在我的眼前了。"礼堂在什刹海"——指的是哪里呢？我认为是会贤堂。

那门前飘拂的柳浪浓阴，湖上绿油油的荷叶、白莲花、红莲花……那停着四轮大马车、雪亮包月车的大门前，拉车王二、张四等，正放下车把，把"座儿"送进去，自己拿大羊肚子手巾擦头上和胸脯前的汗，擦干净，从车垫子下面抽出大芭蕉叶来扇两下，然后走进那挂着"会贤堂饭庄"、门框上还有两块"收购官燕""收购银耳"小金字牌子的磨砖大红门，到账房去领车饭钱。

"掌柜，您辛苦——"向柜台上一陪笑脸。

"哪位的？"柜台上连忙打招呼。

"米粮库胡先生。"一道自己主人的字号。

"您收着。"不敢得罪，一边说，一边连忙把一扎铜元递过来——"您那边喝茶！"

车饭钱汽车一元，马车五毛，洋车两毛，这是规矩。主人在里头赴席，开车的、赶车的、拉车的领了车饭钱，在一边喝茶休息，吃自带的干粮。不经主人吩咐，不能离开。因不知他何时走呀！忙人也许赶三四处饭局，那就可以得三四份车饭钱。胡博士当时还只是自用洋车，尚未买汽车。

会贤堂门前的风光旖旎无比，尤其那个楼，坐西北，向东南，十一间磨砖对缝的高大二层楼房，楼上临什刹海都是宽大的走廊，那落地大玻璃门里面，都是一间间的雅座。酒宴未开，或酒阑席后，雅座中的人都倚在栏杆上，眺望荷花市场的风光，下面的人望上去，梳着大辫子，梳着爱司头，簪着玉簪花、栀子花的旗下大姑娘小媳妇，笑语时闻，真像神仙中人一样。

会贤堂是当年北京独一无二的、风光最好的饭庄子。这是张之洞的厨师开的。"宰相门前七品官",张之洞的厨子,其收入可以想见了。清末张之洞的府邸就在前海白米斜街,其后院房屋临湖后窗,正好遥遥对着隔海的会贤堂前楼。左近都是王公府邸、旗人大宅门,不少人办喜事都在会贤堂。胡适当主婚人的这家,不也就是旗人吗?"汉军京口驻防赵家",就是祖上在镇江驻防的汉军旗姓赵家的姑娘。这样的人家,也许就住在什刹海附近的胡同中。所以在这风光旖旎的会贤堂办喜事,胡适一九一九年还在美国,此时刚来北京也就一年多,对于这会贤堂、荷花市场等,可能还不知道呢!这是第一次来。而当时北京大学的名教授如沈尹默、马幼渔、马叔平等位,早已是这里的常客了。沈尹默先生著名的《减字木兰花》:"会贤堂上,闲坐闲吟闲眺望……"早已因正好是五四运动那天所写,名闻遐迩了。而博士先生还似乎是第一次去。

会贤堂出来,往东南走不了几步,就是老柳浓阴的荷花市场,这时正是最热闹的时候。所以胡博士

"行礼后，也去走走"。他行完礼，自然也坐过席，酒足饭饱了。出来走走，是闲逛逛，看看热闹，吹吹风，醒醒酒，消消食……自然不要再吃什刹海有名的"冰碗""莲子粥"等，因为那在会贤堂席上已吃过了。他也不要听"什不闲"，看"耍把式"，去算卦、相面，这些他认为是"下等游戏"。自然他也不要买估衣，买绿盆、绿碗，买梳头油、网子……那么他"也去走走"，有什么吸引他的呢？有，小小的古玩摊，就把这位中外闻名的胡博士吸引住了，可见当年什刹海荷花市场的魅力是多么强烈而又多么广泛了。

"一个古董摊"，写在纸上只五个字，是死的，无情无趣。可是在几十年前，在什刹海水边老柳下，其时其地其景，那就是活的了。其情其趣是可以吸引住任何一位有高深学养的专家的。

摊不必大，也许只是在地上摊一块油布，再在上面铺块蓝布，四边用砖块压好。摆几枚古钱，大观通宝、半两、五铢……一两个铜佛像，紫檀、檀香佛像，说不定有一座小欢喜佛，但不细看看不清……几把旧扇子，刻竹股子折扇或紫檀框宫绢团扇……几样瓷器，五彩斗鸡樽、釉下蓝小胆瓶、冰纹小水盂……还有细雕蝈蝈葫芦、白铜小熏炉、紫泥小茶壶，也许铜镇纸下面还压着几张大红、梅红名帖，当年不是有人在地摊上三枚铜钱买过"客氏拜"的大帖子吗？三百五十多年前，拿到这张帖儿，真抵得上圣旨，一切荣华富贵都可以有了。一落地摊，不值钱了，但还能吸引人。什刹海一个古董摊，把博士吸引住了，多么值得思念呢！

诗之战

中国的新诗，由诞生到现在，已经六十多年了，应该说，胡适的新诗集《尝试集》是早期的代表性作品。直到今天，新诗尚未定型，似乎一直是在"尝试"着。这是个人感觉，不必写论文，也不必多啰唆。在这里我想起了写新诗《尝试集》的胡博士的旧诗词，这对一般读者来说，知道的人已很少了。

先举他一首鼓吹新文学的词来看看，题目是《誓诗》，词牌是《沁园春》，是他写《文学改良刍议》之前表决心的。时间是一九一六年春天，他二十四岁，正在美国纽约哥伦比亚大学攻读博士学位。其词云：

更不伤春，更不悲秋，以此誓诗。任我戏也好，花飞也好；月圆固好，日落何悲？我闻之曰："从天而颂，孰与制天而用之？"更安用为苍天歌哭，作彼奴为！　　文章革命何疑！且准备搴旗作健儿！要前空千古，下开百世；收他腐臭，还我神奇。为大中华，造新文学，此业吾曹欲让谁？诗材料，有簇新世界，供我驱驰。

词格是辛稼轩豪迈的一派，更推而进之，全词不用典故，但还全是文言句法。像李清照那种"守着窗儿""不如在帘儿底下"等等完全俗语，词中也没有。而此词最明显的痕迹，是辛词"杯汝前来，老子今朝，点检形骸"的章法，是用古文写词，而非用词语写词，其气魄是十分惊人的。

他写词用这种句法，写旧诗也用此句法，如其《朋友篇》中有句云：

清夜每自思，此身非吾有，一半属父母，一

半属朋友。

这是胡博士的"友谊观"。他很爱交朋友，不论在国外留学时，还是在国内当教授时，经常总有许多朋友来往。所谓"我的朋友胡适之"，一时成为教育文化界的口头禅，也成为讽刺文化界、教育界某些喜欢攀龙附凤的人的惯用语。而他自认为颇得朋友之助，切磋收益很大，诗中说："学理互分剖，过失相弹纠。"事实也确实如此。

他少年时在上海读书，那时十里洋场，是花花世界，什么坏道都有，少年子弟最容易堕落。胡适有一次饮酒作乐，喝得酩酊大醉，醒后忽然觉悟过来，后来作诗道：

一日大醉几乎死，醒来忽然怪自己。

父母生我该有用，似此真不成事体。

这种白话体的旧诗，又似新诗，实是旧诗，并不好作。其青年时期之小诗，亦不乏保存旧诗之韵味者。如记云：

> 戊申在上海时，秋日适野，见万木皆有衰意，独垂柳迎风而舞，意态自如，念此岂老氏所谓能以弱存者乎？因赋二十八字云：
>
> 已见萧萧万木摧，尚余垂柳拂人来。
>
> 凭君漫说柔条弱，也向西风舞一回。

青年留学时，有一次任叔永（鸿隽）给他拍了一张"室中读书图"的照片，他寄一张给未婚夫人冬秀，并题诗云："万里远行役，轩车屡后期。传神入图画，凭汝寄相思。"从诗中可见他多么笃于伉俪之情了。

他高举白话大旗，提倡白话文、白话诗之初，曾与同时留美的好友梅光迪以诗大战，说什么："人间天又凉，老梅上战场。拍桌骂胡适，说话太荒唐。……"等等，四十年后，他作讲演还津津乐道这一故事。说这都是偶然的。

可惜的是，先生的白话诗文宣言，自己有时也做不到。一九三一年底，老派诗人曹经沅写给他的信道："今年在海滨竟迟公不至，逸塘先生同此怅然。止室属题《先德载书归里图》，见公题一绝极佳，且已非妪解体，能者不可测如是哉？倘有新篇，并希写示。"所说逸塘是王揖唐，后做汉奸。所说《归里图》，也是福建人陈任先的曾祖的图。陈任先曾任巴黎公使，后来也做了汉奸，抗战时在上海被人打死。此图及题跋有影印本，手中有一本，经查对，没有适之先生的诗，可能印时未印入。另外他题陈寅恪夫人的祖父唐景崧遗墨诗云："南天民主国，回首一伤神。黑虎今何在，黄龙亦已陈。几枝无用笔，半打有心人。毕竟天难补，滔滔四十春。"此诗不但用典，而且可以作他七十自寿诗了。

在上次论战若干年之后，他又遇到文言捍卫者长沙章行严（士钊）办《甲寅》杂志，拼命反对白话，大骂白话。一九二五年正月，有人请客，二人在前门外廊房头条撷英番菜馆相遇，有人给章照相，章便邀胡合影一幅，之后二人分持一张。章题白话诗送胡道：

你姓胡，

我姓章，

你讲什么新文学，

我开口还是我的老腔。

你不攻来我不驳，

双双并座，

各有各的心肠。

将来三五十年后，

这个相片好作文学纪念看。

哈哈，

我写白话歪词送把你，

总算是老章投了降。

章要胡写旧体诗送他，胡便写道：

但开风气不为师，龚生此言吾最喜。

同是曾开风气人，愿长相亲不相鄙。

反对白话文的盟主写白话诗，白话文主将写仄韵绝句，这倒是奇闻。胡诗第一句引用龚定庵原句，诗中以开风气自任。这两首诗章诗写于这一年二月五日，胡诗写于二月九日。距今已足足五十九年了。胡死得早一些。孤桐老人章行严则享了将及期颐之寿，活了九十四岁，十年前才去世，其丧礼可谓备极哀荣。但今日重读以上二诗，的确也使人感到"好作文学纪念看"，章行严真是言中了。

《甲寅》杂志号称"老虎报"，它一律登文言文，在广告中说："文学须求雅驯，白话恕不刊布。"章行严一九二五年九月发表了《评新文化运动》，十月又发表了《评新文学运动》，以《甲寅》为阵地，发起猛攻，一时应战者多人，鲁迅、周作人、徐志摩、高一涵、郁达夫、成仿吾等位都奋起还击。胡适在《京报》副刊《国语周报》上，发表了《老章又反叛了》一文，予以还击。文中引了章送他的那首白话诗，因为有"总算是老章投了降"一语，所以题目说"又反叛了"。文中并说《甲寅》广告中不登白话文的话是"悻悻然

▶ 今日荷花市场牌坊

▼ 苏州曲园

小丈夫的气度"。

　　章胡在文章中争论得十分剧烈，私下饮馔相逢，却还是十分客气的。有一次在上海，汪原放请客，座上有章行严、胡适、陈独秀，胡当面对章说：章的文章不值一驳。章却也不生气。汪原放十分赞赏章的雅量。这事也给文坛留下谈助。汪原放近六十年前，被鲁迅先生误以为是古人，后来鲁迅先生一再在文中道歉。不想，汪老也真长寿，直到前几年才去世。不过现在确也真成为古人了。

《曲园课孙草》

俞平伯夫子寄来一张照片：老夫子是侧面背影，正在仔细观看手里捧着的一本书，书的扉页上五个隶书大字，清晰可见，"曲园课孙草"。照片后面题了几个字"此照联接寒舍四代人"。老夫子欢乐之情，从照片中和题字中是可以想见的。

怎么说一张照片联接

▼《曲园客孙草》书影

四代人呢？这就要作一点细致的解说了。《曲园课孙草》是一本书，是曲园老人特地为孙子编写的一本学习八股文的教材，如今拿在平伯先生手中拍了张照片，平伯先生是曲园老人的曾孙，曾祖父写的书，曾孙拿着拍照，不正好是"四代人"吗？

这本书是我在上海旧书店偶然买到的。因为好多年前，我在章式之先生的一篇文章中记住这个书名。偶然遇到，便以八角钱的代价买下了。买了后写信给平伯师。他老先生听了非常高兴，来信告诉我回京时带回去给他看看，同时还说《春在堂全集》中未收此书。后来我就把书送给先生了。这就是他特地给我寄照片的原因。

社会上往往误解俞平伯先生是曲园老人的孙子，这是有原因的。因为曲园老人俞樾的儿子去世早，没有得中功名就去世了，社会上都不晓得，家中亦很少提起。曲园老人把孙儿当儿子，从小就着意培养，那就是俞平伯先生的父亲俞陛云，字阶青。俞家起名字是按五行金木水火土相生排行的。如金生水、水生木、木生火、火生土、土生金等。曲园老人名樾，是木字边的字，他的下一代起名字便取"火"字边的字，火字边的下一代便取"土"字边的字，所以曲园老人给孙子取名"陛云"，有一"土"在内，土生金，俞平伯先生学名"铭衡"，铭字有"金"字边。又根据《礼记·曲礼》中"大夫衡视"一句的注："衡，平也。"取字曰"平伯"，伯是"伯、仲、叔、季"的"伯"，就是第一个男孩子。这就是从命名和表字中，都可以看出俞平伯先生是曲园老人俞樾的长曾孙。三十年代初期，林语堂办的《人间世》杂志，每期扉页，都用米色道林纸印一大张学人的照片，印过徐志摩、朱湘、黄庐隐、周作人、丰子恺等位的照片，也印过一张曲园老人拄着龙头杖、拉着曾孙拍的照片。俞平伯先生早在此照刊出前，就曾把这张照片放大印了送人，在《鲁迅日记》中清楚地记载着这件事，照片的背景是有方格子窗棂的老屋，这就是苏州马医科巷的春在堂老屋。也就是李鸿章题匾的"德清俞太史著书之庐"，后面便是海内外闻名的"曲园"。曲园虽小，但在八九十年前，其名气远远超过什么网师园、怡园等等。所谓

"诸子群经评议两，吴门浙水寓庐三"，当时中国与日本，两国的学术界，谁不知道身兼苏州"紫阳"、杭州"诂经"两处书院山长（相当院长兼主讲教授）的大学者俞樾——曲园老人呢？直到今天，他写的"枫桥夜泊"碑的拓片，还常常被游人买了带到海外，作为最高雅的投赠礼品。

曲园老人当年有三个住处，即苏州马医科巷曲园春在堂，杭州西泠桥下俞楼，栖霞岭下右台仙馆，这三处哪里是基本寓所呢？主要是曲园，因而老人培养孙儿、培养曾孙，都是在苏州，所以陛云先生的青年时代，平伯先生的童年时代、少年时代都是在苏州度过的。

戊戌那一年（即光绪二十四年，公元一八九八年），俞陛云先生晋京会试，以一甲三名进士及第，即人们俗话常说的"状元、榜眼、探花郎"的探花。中了探花之后，即入翰林院，授编修，从此陛云先生就住在北京，后来在东城老君堂胡同买了房子，院中有老槐树，这就是俞平伯先生在二三十年代中写文章时，常常说的"古槐书屋"。俞陛云先生在翰林院做编修，是冷官，但这在清代是重要的进身之阶，几年中放两次主考，到外省取中一批举子作门生，就在官场中有了势力。编修如外放，一般是道员，弄得好，很快升臬台、藩台，署抚台，就是封疆大吏了。陛云先生一九〇二年放了一任四川副主考，写了一本《蜀輶诗记》，是仿宋人行纪又加诗，记由京入蜀的行程的。放主考之后，没有几年，清代就结束了。陛云先生未能再做清代的大官。后来一直住在北京，直到进入五十年代才去世，享寿八十三岁。

陛云先生是著名的词人，他的词集名《乐静词》，叶遐庵编《箧中词》亦收有他许多首词，他的词的格调是花间正宗，不沾豪迈蹊径。下面举一首无题《浣溪沙》可见一般：

　　风皱柔怀水不如，碧城消息近来疏，嫩凉人意倦妆梳。　　锦幄明灯鸳鸯梦，文梁斜日燕窥书，蒼腾浑不信当初。

可以看出，从字句到意境，都是婉约一派的。陛云先生少年时，曲园老人特地为他编了《曲园课孙草》一书来教他制艺。到了陛云先生老年，又因为教孙儿、孙女学旧诗，编写了《诗境浅说》甲编、乙编两种，甲编讲五七言律诗，乙编讲五七言绝句。章式之老先生在序言中说，读到《诗境浅说》，很自然地想到当年的《曲园课孙草》，真是斯文一脉，累代相传，不但未坠家风，更重要的是几代人都在学术上有不同贡献，都为继承和发扬民族的文化作出贡献，这是很不容易的了。《诗境浅说》甲、乙编是开明书店出版的，是两本极为精简扼要的学诗入门书，可惜绝版多年，有哪家书局重印一下才好。由曲园老人到平伯夫子，四代人中，竟有三代学人，真可谓书香门第啊！

按，《诗境浅说》已由上海书店重印出版。

章孤桐

长沙章士钊，字行严，号孤桐老人，一生写文用文言，直至其九十高龄。在十余年前出版的洋洋巨著《柳文指要》，仍以文言行文，不改初衷，而居然能够出版。似此一生遭遇之隆，在中国文人中，亦只此一家，再无第二人矣。前曾写小文介绍其写白话诗，与胡适之先生的交往。今又想其与五四运动另一健将沈尹默先生的交往，虽是新旧文学战垒中不同主张的人物，而且私交亦弥笃焉。

▼ 章士钊

章行严十七八岁即出人头地，清末与太炎先生在上海办报，后又到英国牛津留学，学小逻辑，办《甲寅》杂志，鼓吹文言，一九二五年在教育总长兼司法总长任上，为女师杨荫榆事，与新文化健将战斗白热化，达到水火不相容的地步，被鲁迅称之为"章士钉"。"三一八"惨案之后，营垒更为清楚，沈尹默先生与孤桐老人早在一九〇七年在杭州时，即有深厚交往，一九一七年又因蔡元培、陈独秀的关系，共事于马神庙京师大学堂。(当时沙滩红楼尚未盖好。)陈独秀因沈尹默之荐，蔡元培亲自到打磨厂西口第一宾馆拜访，延聘到大学堂为文学长，章士钊与陈独秀曾于一九〇三年在上海共同办《国民日报》，亦被陈延聘为大学堂图书馆长之职，这样故人重逢，诗酒往还，过从甚密。唯孤桐老人虽学识渊博，才大如斗，而毕竟是官场中人，非学术中人，大学堂的图书馆长，虽甚清高，当时工资有四百银元，亦不为少，而对一位想抓大印把子的人说来，仍视同宦薮生涯，是不屑于长久为此的，因此只在大学堂一年多，便弃之如敝屣，积极周旋于安福系、交通系各北洋政治帮派之间，去做总长了。一九二四年十一月，段祺瑞组织执政府，不设内阁总理，阁员为安福系骨干龚心湛、李思浩等人。章士钊出长教育部，又因位置冯系人物薛笃弼为司法总长，薛拒绝入阁，章士钊又兼了司法总长，后来农工商总长杨庶堪出缺，章士钊又暂代农工商总长。一人而兼三总长，在北洋政府的各届内阁中，也是仅见的。因而以办"老虎杂志"（《甲寅》杂志封面为一只老虎）而出名的孤桐老人，此时又膺了"老虎总长"佳誉，都人说起，也有谈虎色变之感了。这时是他仕途上最得意的时候，总长公馆在西四北南魏儿胡同，大红门外，汽车、马车、包车不断，真是风光一时了。而"三一八"惨案，就发生在他最得意的时候，他又是主要负责者，舆论自然集中在他身上。老友沈尹默也公开声明，指其为罪人，要天诛地灭，表示与其断绝朋友关系。他把周树人（鲁迅）免职，鲁迅在文中、信中骂他"章士钉"，可是哪里是他的对手呢？以后的历史都证实这点了，在此不必多说了。

孤桐老人是诗家当行，是同光后劲。在段执政内阁时，同光健将如樊山老人、陈石遗等都健在，安福系的王揖唐，段内阁秘书长梁众异都是诗人，后来做了汉奸，而当时则是与孤桐老人过从极密的人。北伐之后，孤桐老人再度放洋，远走英伦，其《伦敦郊居寄人》诗云：

二十载天涯去后还，郊园小小足舒颜。

野眠独意怜幽草，晓坐枯眉润远山。

忧国不弹无益泪，读书宁为有心间。

来禽怪少门前客，侧目窗棂代款关。

（＊丁未首到此邦，屈指已二十载矣。）

王揖唐（逸塘）有《孤桐抵英有诗见怀奉训通酬》云：

赢颠项蹶本同论，谁与神州塞乱源。

阅世坐怜肠太热，解嘲失哭舌犹存。

沉沉举国方酣睡，惘惘思君欲断魂。

多少罪言今已验，伤心何忍话前番。

在章孤桐远游英伦的时候，沈尹默先生仍在北京，当时南京教育部把北京工业、医学、女子文理、农业等国立专科院校，合并成立北平大学，三十年代初沈尹默被任命为校长，但这个校长不好当，不久便辞职，索性连北大教授也不做，回到上海卖字过日子去了。际此孤桐老人也由英伦倦游归来，息影海上，挂牌做大律师，辞锋敏锐，又有"老虎律师"之誉，知尹默先生来沪鬻字，遗书安慰之，大意云：昔时詈我者爱我，昔时爱我者害我，历史如鉴，于今兄辞去校长职甚是也。尹默先生得信后，感到其意拳拳，因而不仅前嫌尽释，而且在海上过从更密，诗简往还，几无虚日矣。

抗日战争时期，二人都到了后方。一九四一年，孤桐老人旅居桂林，遥寄重庆尹默先生《玉楼春》云：

几多词句情依旧，折尽风林无限愁。只缘知律眼前稀，说与前山客独秀。　别来总是愁时候，纵有燕翎书不就。一篇花雨独思君，难问东阳先问瘦。

末句东阳指浙地及尹默先生别号"东阳仲子"。"瘦"用沈约瘦腰典，切人切事，押韵非常俏劲。尹默先生《答行严》云：

风雨高楼有所思，等闲放过百花时。西来始信江南好，身在江南却未知。　　花光人意日酣酣，客我平生士不堪。说看江南放慵处，如君怎不忆江南。

胜利之后，二位又一同回到上海，孤桐老人时往虹口海宁路东阳（原"洋"）街看望尹默先生，沈有《答行严过访诗》云：

自笑居桓爱楚狂，归来行径却平常。
字同生荣论斤卖，画取幽篁闭阁藏。
惯会底须遇赵李，剧谈时复见刘王。
烦君为说闲中事，已足人间一世忙。

诗中可以想见二人风度了。孤桐老人作古前留下一部《柳文指要》，还是一部可读的书。

学人长寿

　　平伯夫子今年九十一岁了。前几年北京召开了"俞平伯先生从事学术活动六十五年纪念会"，我深为夫子喜、为夫子贺。因为这对这位按阴历算，八秩晋八，按阳历算，八十六岁的老夫子说来，的确是一件喜庆的大事；即对中国学术界说，也不能说是一件小事吧。纪念会的内容，报纸上都登了，我这里无须再多说。我只想说一点我对夫子的敬意、情谊，作为遥远的祝贺！

　　文化古城时期，先生先在北大、平大教书，后到清华任讲师，住在清华园南院，城中老君堂有"古槐书屋"，清华园又有秋荔亭，"秋荔亭拍曲"，正此时焉。其时先生内弟、著名数学家许宝騄（闲若）先生正在清华教书，先生与许宝騄夫人又笃于伉俪之情，郎舅姊弟之间，其乐融融，夫人跋《古槐书屋词》云：

> 闲若七弟，早岁临池，于十三行，颇有得，曾为平伯写此词，刊本流传甚稀……忆昔居清华园南院时，弟方英年，我犹中岁，弟专攻数学，课余喜作图案画……当年朝夕相聚，思之怅然欲涕……

其跋不胜今昔之感也。

沦陷时期，平伯先生仍在北京，虽与知堂老人私谊极厚，但未到伪北大教书，知堂老人亦未相邀，盖相知甚深，心照不宣也。抗战胜利，北大复员之初，傅斯年在写给胡适的信中说：

> 孙子书、孙蜀丞、俞平伯在北平苦苦守节（三人似可择聘）……但主任无人。

后来孙楷第先生、平伯先生都受聘为复员后北大国文系的教授。不过这也是四十多年前的事了。那就是一九四六年，地点北京沙滩松公府夹道北京大学文学院图书馆后面的新教室楼，在这里我听了夫子八个学分的课（每周一课时，一学期为一学分），即杜诗、清真词二门。当时各人选各人的课，人数人员都不固定，教室也不固定。夫子是选课，在一个三四十个座位的教室上课。当时我自童年读先生的《桨声灯影里的秦淮河》当教材之后，对于先生的著作，什么《燕知草》《杂拌儿》《燕郊集》等等早已看了不知多少遍，烂熟于胸中了。但对先生本人，那还较为陌生，先生在上面讲，我们在下面听，虽说是的的确确的师生，但感情上还远远没有水乳交融呢。当时先生上课来，下课去，家住南小街老君堂，虽不过远，离沙滩也有一截子路，北大学生纵使白天不听课，但却晚间欢喜跑教授家串门儿的。当时我常去的是沈从文先生家，他住西老胡同，出西斋宿舍门，转弯就是。对于俞先生老君堂的古槐书屋，则始终没有去过，迄今引以为憾！

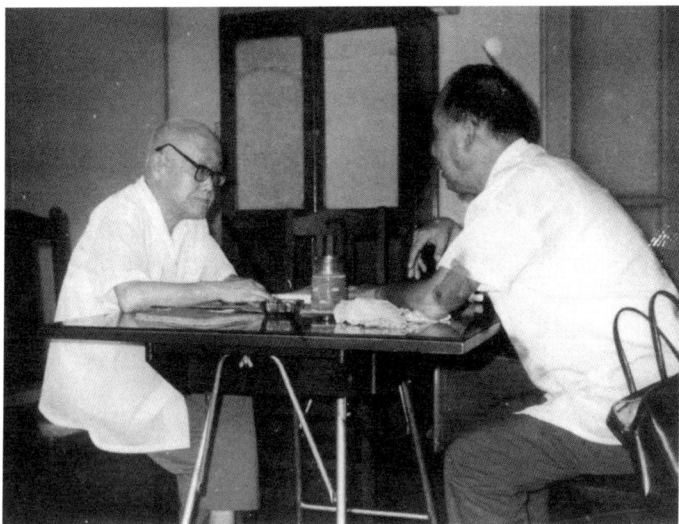

　　我做学生时，是很不用功的学生，上课时常常不好好听课，而一心"以为鸿鹄将至"，想入非非起来。有一次先生讲杜甫诗"香雾云鬟湿，清辉玉臂寒"两句，举了很多例子，讲得十分有劲。时正冬天，教室朝南，阳光很足，我有点浑浑然，老毛病又发，忽然放弃听课，注意起先生衣着打扮来：头戴黑羔皮土耳其式高筒小皮帽，外罩阴丹士林蓝布大褂，里面藏青绸料棉袍，而大褂短于棉袍约二寸许。显见大褂新时同棉袍一样长，洗后缩水，便越来越短了。内穿黑色棉裤，而裤腿又长于棉袍二寸许，盖棉裤原系绑腿裤，后不绑腿，散着又比棉袍长了。如此三截式的装束，给我留下极为深刻的印象。此后，天南海北，春夏秋冬，每当想起先生，好像总是穿着那"三截装"一样。近若干年，与先生通讯频繁，师生之情老而弥笃，前年先生寄了一张照片来，信中说："附奉小照一纸，以代晤面。"我看照片，虽然苍老，但风神如昔，不过是戴黑边眼镜、穿白衬衫的，望着照片，我想起"三截装"，不由地笑了。

在现在的学人中，俞先生也真可以说是老前辈的老前辈了。五年前有一次通信谈到施蛰存老先生。夫子来信云：

施舍（蛰存）是我早年在上海大学时的学生，年七旬余，前说是办《词学》，迄未能出版，今又向足下征稿，想必有希望。

今年蛰存先生也八十多了。前寄新年贺束来，为宋赵长卿小词《探春令》，结句云："愿新春以后，吉吉利利，百事都如意。"并有跋云：

　　余弱冠时曾以此词歇拍三句制贺年简，以寄师友。赵景深得而喜之，志于其文，去今一甲子矣。景深鹤化，忽复忆之。更以此词全文制束，聊复童心。奉陈文几，用贺一九八六年元旦，兼丙寅春正。施蛰存敬肃。

多么别致的贺春帖子呢！而且一说就是一"甲子"，足足六十年呀！纪念俞先生学术活动，是六十五年；蛰存先生贺新春，"聊复童心"又是六十年。白发老师，白发门生，学人长寿，婆娑人间，我这个小师弟也不过刚过花甲之年，比起白发老师、白发大师兄，那真是个稚气未脱的"小不点儿"呀！

香港过去常说"姑苏三老"，指叶圣老、顾颉刚老先生、俞先生三位，他们都是三元坊苏高中的同学，如以学籍说，这个称呼可以成立。如以籍贯说，就不对了。叶、顾二位是苏州籍贯，而俞老则是浙江德清籍贯。不过学术界为了尊敬先生，习惯于这样叫，自是可以，那我的说明，似乎也是"废话"了。不做无益，何遣有涯，稍说两句有趣的废话，不比空话好吗？

先生五四时期北京大学即将毕业，与杨振声先生、顾随先生几位同学，毕业出国留学，到日本、到美国，但不久就回国了，先在上海任教授，不久即回到北京各大学任教，前后几十年，真可以说是桃李满天下。冰心女士也已是八十多岁老人，而冰心女士在燕京大学做学生时，俞先生其时也已是兼职讲师了，这该是哪年哪月的事呀！敬祝诸老寿登期颐吧！

叶遐庵

由清代末叶，经历北洋政府，一直到
近二十年前，与章士钊孤桐老人出处近
似者，还有一位大名家，那就是番禺叶
恭绰（誉虎，亦作"玉虎"）遐庵老人。这二
人可以说是旗鼓相当，几乎活跃了
近七十年的人物。共同的特征
是学问好，社会活动力强，又
会理财，有眼光，有见解，官
做得都大，又都长寿。章终年
九十四，叶短些，也八十六，而
且去世时正处逆境，困难多端，如

叶恭绰

果条件好一些，可能也活到九十多岁呢。

　　具体说，两人又有许多不同处，就是章是段祺瑞最重用的人物，在南京政府中却再任要职，而叶却是由北洋政府南下广州，投身北伐，后来又在南京任交通、铁道等部长要职。另外在籍贯问题上也各有特征。孤桐老人随便到了哪里，都说自己是长沙人，北伐之后，北洋政府旧人纷纷离开北京，章士钊去朝鲜游历，火车经过之处，车窗外都是稻田，他《朝鲜道中率成》诗，起句便云："此邦风物似长沙，尽日车行见水涯。"可见其乡情弥笃，这因为他从小是在故乡长大的关系。叶遐庵则不同，籍贯虽写番禺，而他却是在北京宣南降生的，少年时代，其父宦游江西，他又跟在江西任上。庚子后，回到北京在京师大学堂读书，毕业后入邮传部，奠定了他成为交通系健将的基础。大革命时，去广州大本营，其后又息影苏州、香港、上海、北京等地。因此他与广东人认同乡，因他祖籍番禺；他与北京人认同乡，因他出生在北京，青年时在北京上学，长期在北京做官，对北京风土人情、官场仕宦极熟悉；

他和江西人认同乡，因他少年时在江西成长；他和苏州人认同乡，他按家谱查出他家是宋词人苏州叶石林的后代，和吴江明代女词人叶小鸾是同乡；他又同浙江人认同乡，其《先君仲鸾公家传》一开头说："先君讳佩玱，字云坡，号仲鸾，广东番禺人，原籍浙江余姚，高祖枫溪公幕游粤中，遂家焉。"他可以拉上这么些乡亲，这是因为几代宦游，浮家南北，到处为家的关系。

他青少年时，在江西，受到萍乡文廷式的赏识；在京师大学堂，受到长沙张百熙的赏识，张当时是学部大臣兼大学堂总办。光绪末年，他进入邮传部，受到闽侯陈玉苍的赏识，陈是尚书；后来又受到三水梁士诒的器重。对以上四人，他一生感恩知遇，久而弥笃。一九四九年春天，他尚蛰居香港，未归北都，玉苍公长孙由津沽经港转沪，顺道来看他，他一见面便以世伯身份，先赠以百元见面礼，还是做交通总长的老规矩，只不过出手已很少了。

他长于经济管理，以文人而四长交通部，管理井井有条，游欧美时，外人认为是铁路专家。他讲诗、讲词、讲书、讲画、讲建筑、讲佛经、讲文物，无一不精，无一不深，他真可以说是通材大家了。

民国十年，他在北洋政府交通总长任上，把北京、上海、唐山三地有关铁路工程的学校合并成立交通大学，他自任校长。一九三六年，叶在交通大学四十周年时写感想道：

> 本校二十五周年纪念时，适交通大学方改组成立，而余实主其事……今沪、唐、平三校仍合为一校……以往仅工程、管理等三数科，今已扩为五院……

他始终是以交通大学的缔造者自居的。

遐庵先生归道山已二十余年矣。前年平伯夫子惠寄书谱出版社影印的《古槐书屋词》，前面有遐庵先生写的序，文很长，对倚声之道，说得也很细。平伯夫子特别重视这篇序，特识于后云：

昔岁甲午，承遐庵仁丈宠锡序文，属望意至
惓惓，惜手稿于其后佚去。顷后马叙君云假得
《矩园余墨序跋》第二辑，从之移录，亦幸事也。

　　遐庵先生清代光绪年间，毕业于京师大学堂，当
时的校长叫总办，总办是张百熙，所以他总自称是
"出长沙张冶秋先生门下"。在清末入邮传部为部曹，
与夏仁虎同事，其时邮传部尚书是闽人陈璧，后来遐
庵先生常常追怀陈氏。

　　遐庵先生原籍广东，却生在北京，一生宦游所至，
北京、广州、香港、南京、上海等地，可说的事情太
多了。他曾在网师园居住过，这里再说说他与苏州的
一点点因缘。

　　遐庵先生本是广东番禺人，而他却自认是苏州人，
为什么呢？因为按谱系他是宋代词人叶石林的后裔。
叶石林是吴下凤池乡人，现在苏州乘鱼桥还有地名叶
家埭者。这就是他的祖籍，因之他对苏州特别有感情。
他给何亚农题明人山水图长句，最后道："结邻待赁皋

桥庑，艺海相后即幸民。"其时何亚农住苏州，他在诗后注云："余颇有卜居吴门之志。"他在三十年代中期，在苏州住了四五年。本想住在他枫江渔父故宅，未如愿，就卜居于网师园。后来又迁居到汪甘卿的房子中，经营小圃，曰"凤池精舍"。一九三六年端阳节，他在网师园和何亚农、张善孖、张大千、彭恭甫等位欢聚，正逢傅增湘游黄山归来，也到苏州参加盛会，由善孖、大千二老绘图记盛，遐翁自己题诗云：

百年一日意何任，寥落兹辰感独深。
思水鱼烦愁呴沫，巢林燕瘁几哓音。
椒焚孰识行吟痛，帆卸空余竞渡心。
辛苦醯鸡能共舞，瓮天闲处一相寻。

其时正值抗战前夕，遐翁政治上又不得意，所以诗中大有相濡以沫之感。遐翁住苏州时，正是与善孖、大千居士过从最密的时期，而参与昔时盛会者，前几年只剩大千居士一人，现在则一个也没有了。

其一生算来，住在北京的时间最长，也曾两度客居香港，一是抗日战争时期，一是一九四八年至一九四九年初。抗战期间他来香港时，曾有《沪破南归至港晤次周叔有诗见及因和》七律云：

> 南还依旧作劳人，投老羞存后死身。
> 国运倘期贞下会，乡愁频扰定中尘。
> 霜筠节苦终无忝，雪栝心枯久不春。
> 回斡旋转应有属，几时同作太平民。

这诗后来有九叠原韵，都是在香港作的，六叠结句云："凄绝归来辽鹤语，只余城郭少人民。"九叠绝句云："匡时报国吾何有，愧托廛间作一民。"感时忧国之心，溢于言表，可以想见其人了。一九三八年遐庵先生在香港渡中秋，游汲水门赏月，忆旧词《望江南》云：

> 中秋月，香港景翻新，箫鼓中流凌万顷，簪裾豪气压千人，碧海正无尘。

极一时之胜游，在词注中说："华灯画舫，容与碧波间，胜概豪情，一时称盛。"但先生虽足迹遍海内外，但最情深的地方，还是北京。另一首《望江南》云：

中秋月，孤赏翠微旁，小筑幽栖原幻住，安心是处更无乡，惆怅不能狂。

词后注云："北平西山秘魔崖下幻住园，净持葬地也。花木萦翳，景殊幽寂，余中秋数宿此。"幻住园是他在西山营的坟地，小有园林之胜，他元配夫人早死，就葬在这里。三十年代初，侨寓苏州，他女儿新婚，北归去西山扫墓，他拍了照片，让女儿带到墓前焚化，并赋四绝句，告慰夫人于地下。其中一首道：

土木形骸一写真，临风非复旧丰神。
故吾今我凭君认，告我今宵梦里闻。

一往情深，凄婉欲绝。他离北京四年后，曾有

《离燕地四年矣春来念幻住园中群花将发感赋一律》之作，亦极为感人，限于篇幅，本文不暇引述，只好割爱了。

段祺瑞执政府时，章士钊任教育、司法总长，叶遐庵任交通总长。不过这时他早已同广东政府有密切关系了。一九二三年他在日本神户，即应中山先生之召，转道香港，到了广州，担任了大本营的财政部长。当时他家住惠福路。后来广州方面，欲与北方段祺瑞、张作霖合作，命他北来斡旋。所以他又北上，担任了段执政府的交通总长。

他词学造诣极深，少时曾学词于文廷式。他编的《全清词钞》，去年又重版了。他书法宗何子贞一派，绘事意境亦深，《遐庵汇稿》初辑、二辑，都是值得一看的书。

刚主夫子

一

谢国桢刚主先生因研究晚明史料，三十年代中，曾受鲁迅先生称许，但并未见过鲁迅。在给我的《鲁迅与北京风土》一书写的序中还说："遗憾的是，我虽然承蒙鲁迅先生的谬奖，而地隔南北，始终没有与鲁迅先生见过面……"这是因为文化古城时期，谢老先在天津梁任公家教馆，而住在北京，又在北京教书，后又到南京中央研究院，其间始终没有在上海呆过，没有机会见到鲁迅。

先生一生著述极多，留给后人，嘉惠来者，自是毫无问题的，但人们往往要问一句：先生这些学问，如何获得的呢？刻苦用功，治学谨严，老而不衰，是一个方面，这是主观的。另外还有客观的一面，那就是上学与工作，既得力于良师益友，又得力于好的学术环境。这方面可说的很多，这里我只说一个机构、一个人，那就是国立北京图书馆和大兴袁同礼氏。

谢老从清华国学研究院毕业之后，即到国立北京图书馆工作。当时北海西岸的图书馆大楼还未造，北京图书馆暂时在中南海居仁堂办公，袁同礼氏还没有从美国回来。五十年后，谢老在《春明读书记》中，记当时的情况说：

我还记得我二十多岁的时候，曾在北京图书馆服务过一个较长的时期。那时这个古代建筑馆阁式的图书馆尚没有建成。我就在中南海居仁堂内办公。及至新馆建成以后，我就到这个新建的馆中作科研工作。我还记得工作休息时间，就依靠着石栏杆旁边，观看苍翠的琼岛和北海太掖的秋波。回来之后，就为北京图书馆馆刊写文章。我写的有《张南垣父子事辑》《彭羡斋著述考》等篇，偶然翻阅旧的馆刊尚可以见到。

刚主先生当年的工作很有意思，他的工作是什么呢？不是编目，不是买书，更不是当馆长、当主任签字、画圈圈，而只是看书、写文章，这是一个很特殊的职务。当时的馆长，在先生初到馆时，还是梁任公，其时任公还未生病，清华国学研究所去了好几个人：一是王国维先生的助教海宁赵万里先生，他在清华时不是学生，是职员；二是孙楷第先生；三是谢老；四是许世瑛先生。这些人每月一百块钱工资（当时北大、清华等校毕业生八十元起薪，因为他们是研究所去的，所以一百元），工作就是看书，写文章。不久袁同礼回国任馆长，仍然这样培养他们，没有几年，几个人都学问大进，著述惊人，很快成为海内外知名学者，这样也为国家培养出真正的人才了。

先生一生最大的成就，就是他那洋洋八十多万字

▶ 国立北平图书馆（约摄于1935年）

録鬼簿序

賢愚等夭死生福之理固難以臆度而古聖賢亦不能

也盖陰陽之刑神即人鬼之生死人而知夫生死之道須受

其正又豈有教畧但拾之厄與雖然人之生新世也但知以

已死者為有教畧而未知未死者亦鬼也酒盈飲食或醉或夢寐

然泥土者則其人紐生與已死之鬼何異此曾旧未服論也

其或稍知義理口後多言而於學問之道甘為自暴自棄

倏忽然而閻則又不看鬼態之愈也食享見未死之鬼

吊已死之思未之思也將一例耳殊不知天地間剛立古迄

▼ 明代蓝格抄本《录鬼簿》书影

的《晚明史籍考》，这部历史性的著作，最早成书于一九三一年，经过两次修订，最新版本刊于一九八一年，前后经过了半个世纪，可以说是老夫子一生心血的结晶了。这部书最早是先生在梁任公的启示下编写的。柳亚子先生当年曾评价这部书道：

> 这部书，我叫它是研究南明史料的一个钥匙。它虽然以晚明为号，上起万历，不尽属于晚明的范围。不过要知道南明史料的大概情形，看了这部书，也可以按籍而稽，事半功倍了。

先生治学，一生的精力至于明清史籍，所以其第二部最重要的著作，就是《明清笔记谈丛》，其他著述论文，亦均以此为基轴，触类旁通，精深渊博，其最著者如《东北流人考》《张南垣父子事辑》等，都是极有历史价值的专著。

刚主先生祖籍江苏阳湖，其祖辈宦游于河南安阳，常自署"安阳谢国桢"，或署"罗墅湾乡人"，盖其祖宅在安阳罗墅湾，其童年时代即在罗墅湾乡村中度过，先生祖父名谢暄，七十余年前为项城袁世凯幕僚，袁在那拉氏死后，回项城洹上做寓公时，先生祖父与袁亦时有往还，袁抱存写印之《圭塘集》中，收有谢暄与袁的唱和诗，我旧有一本，若干年前，先生见了，这一小本书就给了老夫子了。

先生原是吴北江的学生，是保定莲池书院的再传弟子，所以先生对吴汝纶学识一直十分景仰，而且评价很高，前两年来信说，应河北大学之约，还想到保定去讲一次学，讲题就是"莲池书院对北方学术的影响"，可是后来因为身体的关系，一直没有去成。

先生青年时从吴北江门下考上了清华学校国学研究院，这是二十年代中期全国，甚至可以说是全世界最高的中国旧学研究学府，主其讲席者为梁启超、王国维、陈寅恪、吴宓、赵元任等大师。先生同崇明陆侃如氏住在一个寝室中。如今，不要说主讲席者均已先后成为古人，即学生中，在世者亦寥寥可数，均属海内之鲁殿灵光矣。

颐和园词

▶ 谢国桢临王国
维《颐和园词》

先生生平之趣事颇多，不善饮而喜言"微醺""被酒"等等，爱吟小诗而不管平仄，笑着常说："我是瞎来来的。"音容宛在，古道感人，而今均属《广陵散》矣。

谢国桢先生于一九八二年九月初去世，

享寿八十二岁，按人生的旅程说，也已到了耄耋之年，并非夭寿，老成凋谢，纵使哀伤，但亦是事理之常了。但是对先生说来，这样的突然而去，则使人更加不胜惋惜，因为先生确非因老去世，而是因病去世，如果平日注意调养治疗，是可以多活一些年的，而今不幸匆匆大去，安得不使人倍感惋惜痛伤？先生当年五月间在来信中说：

　　昨日为桢八十有二贱辰，独酌无偶，乃拖了耿鉴庭大夫之助手，萧龙友之弟子张君与桢同饮，且请其诊脉。他说桢近来贱躯渐安，六脉浮弦者，已稍沉静，心脏无恙，惟仍有肝阳之患，照协和所给三药，即可渐愈，虽有老年血管硬化现象，然身躯内脏机构尚未损坏，如善调养，仍可延年，此虽面誉，而心境实觉稍舒畅，仍可工作也。

接到此信后，十分喜欢，因为我知道夫子身体一向很好，近年来，虽然年事已高，但仍很健康，而且还在积极工作着。年内奔走南北，耽书之癖，老而不衰，到处访书、看书、买书，今年正月间去上海，在元宵节左右，老夫子还特地到苏州去，专程到吴江图书馆看书。还为吴江图书馆题了字，写了对联。夫子近年来访书时，每买到一本特别中意的便宜货，必然来信相告，前年在杭州，买到一本光绪初年刻本《胡庆余堂药目》，只花了五毛钱，先生大喜过望，在来信中大大夸耀了一番，说别人不懂得买这样的书，不懂其社会价值，也不懂其历史价值。我看了信也的确为先生高兴，因为胡庆余是晚清东南一大财阀，后来破产，即著名之"胡雪岩事件"，江浙及上海受其牵连而倒闭的钱庄、银号有百余家之多，此《药目》尚系胡庆余未破产前所印者。迨破产后，药铺已属他姓，只给他干股每年三千两，即改称"胡庆余堂雪记"矣。俗话说"踏破铁鞋无觅处，得来全不费工夫"，似此珍书，五毛钱买到，怎不可喜呢？因此先生喜，我也为先生喜了。

六月间王湜华兄写信告我，谓先生外出时不慎跌了一交，已住医院，自己不能写信，托他写信告诉我。八月间我和王运天兄回北京闲逛，第一次到首都医院看望，先生躺在病床上，精神已渐恢复，后来又去了两次。八月二十七日我即将回沪时，又去看望，先生已坐在小沙发上和我谈话了。那天运天逛颐和园去了，先生还问："京簧儿子呢？怎么没来？"同时问我上海华东医院条件如何？和我很高兴地约好，九月初回上海见面。不想我回到上海后，九月四日去苏州，一到苏州，大家就说谢老去世了。我听了还不相信，后来果然噩耗传来了。怎么会突然发生意外呢？据传有天半夜里，老先生小便把床单、病人穿的睡裤等都弄湿了。打铃叫护士小姐，小姐进来一看，嫌他裤子、床单脏，生气了，把湿裤子、床单拿走了。一去不复返，也不说再送干裤子、干床单来，老先生傻等着，靠着枕头又迷迷糊糊睡着了。也未盖被子，高级病房，又开着空调，冻了一夜，第二天一早高烧四十度，就此两三天时间，老先生就去了……怎不令人倍加伤感呢？

二

我手中有一方青田石章，上刻阳文"瓜蒂庵主"

▶ 谢国桢为邓云乡
著作题签

四字，这方章不是我的，但在我手中保存已十个月了。一九八二年初秋，我由北京回到上海，九月四日又去苏州，友人们见面之后，便问讯谢国桢先生病况，我说已经大好了，一周前在首都医院还有说有笑，同我约好九月间在上海见面呢。好友们听了非常高兴。正月间谢老在苏州写了大批的字，来不及盖章就走了。友人便请人刻了两方章给补上，一方名章，一方别号章，听说谢老九月间要到上海来，便托我带给他……孰料在我拿到这方石章的时候，就是先生归道山的那天，这让我如何交付呢？

"瓜蒂庵"是谢老的书斋名，为什么叫"瓜蒂庵"呢？先生在《瓜蒂庵藏明清掌故丛刊》序中说：

我家本寒素，为了奔走衣食，养老哺幼，不得不省吃俭用。偶尔获得一点稿费，得以陆续购到一些零星的书籍，至于善本书籍，佳椠名抄，我自然是买不起的。只能拾些人弃我取、零篇断羽的东西，好比买瓜，人们得到的都是些好瓜珍品，我不过是拾些瓜蒂。所以我起的书斋之名，以前由工资和稿费所入买书，叫"佣书堂"，后来干脆就叫"瓜蒂庵"，名副其实而已。

先生解释"瓜蒂"，十分风趣，很可看出瓜蒂的意义和以瓜蒂名庵的襟怀。但拾瓜蒂也是不容易的，是要处处留心的，是十分辛苦的。一九八二年农历正月间，江南天气极冷。谢老却乘兴到苏州住了几天，去吴江图书馆看书，逛玄妙观吃油豆腐线粉汤，在友人家吃老酒，应纷来沓至的求书者，即兴挥毫……临上火车时，又绕道去了一趟旧书店，花一元五角买到一本初刻严译《天演论》，他一边翻阅吴汝纶氏的序言，一边笑着说这趟来苏州，收获已经够丰富了，不想临走又得到一个意外的收获。朋友们都为他这种爱书的豪气所鼓舞了。这就是拾"瓜蒂"。

我常常想古人一句名言："知之者不如好之者，好之者不如乐之者。"谢老爱"瓜蒂"、想"瓜蒂"、寻"瓜蒂"、拾"瓜蒂"、收藏"瓜蒂"、鉴赏"瓜蒂"，其思想感情全部寄托在"瓜蒂"上，以此为乐，乐此不疲，数十年如一日，积满室"瓜蒂"，成一生学养，其情其勤、其趣其乐、其钻其恒，都是值得我们思考的。谢老五毛钱买到一本光绪十年刊的《胡庆余堂药目》，从杭州说到上海，从上海又说到北京，见了熟人就夸耀一番，八十多岁的人了，其天真欢乐处，却像一个孩子，我想这也是一点可贵的赤子之心吧。

前年五月间，谢老开完历史文献会议之后来上海，在上海住了几个星期，我请他来我家，在我那六点三平方米的小楼上盘桓了多半天，极为欢畅。我多少年中仅有的一次看先生红脸，他极有兴致地翻阅我架上几叠线装书，一边翻一边说："不错，你这点玩意真不错！"忽然拿着一本书，红着脸说道："这本——

这本希望你能割爱！"我看先生为了一本书居然情急起来，不禁又感动，又吃惊，上前一看，原来是本《圭塘集》，书中有先生祖父的诗。但是这本书是苏州友人王西野的，我不能做主相赠。后来我告诉西野兄，西野兄慨然应允，在谢老回京之后，托人把这本《圭塘集》带到北京，珍重地送到谢老家中，使先生欣然将此"瓜蒂"收入瓜蒂庵中，其生死交情，似乎远远胜过古人之延陵挂剑了。

先生极器重与西野兄的友谊，去年五月间信中说："西野兄雅兴宜人，极有风趣。虽暌隔非久，然心向往之。"今年江南多雨，五月、六月都在阴雨绵绵中过去了，我时常拳拳于旧事，眷眷于旧情，这"瓜蒂庵主"的石章，是永远无法交到瓜蒂庵主手中了。但瓜蒂庵主的这点情思却也像雨丝一样，仍在飘洒着……世界上有弃瓜蒂者，便有拾瓜蒂者，为了纪念瓜蒂庵主人，辛勤地做一个拾瓜蒂者不是也很好吗？

版本学家

　　赵斐云先生作古已经多年了，每一念及此，深感这是学术界的一大损失，耆旧凋零，后继学人接不上。斐云先生此一大去，版本、目录之学，几乎要成为绝学了。回忆几十年前临时大学二分班在沙滩红楼上课时，每一下课，他总向同学们说："你们来哪，馆里我有一间房，方便极了！你们到门口就说找我好啦。"一再叮嘱同学们要常常到文津街图书馆找他去，对待同学极为热情。当时先生正在壮年，但剃的是光头，穿的是蓝布大褂、布鞋，外表极为木讷，完全像一个琉璃厂书铺跑外的伙计。而说起话来，十分健谈，精力充沛，一接触就知道是一位十分精明干练的人。

赵斐云先生名万里，是浙江海宁人，和目录家陈乃乾、金石家朱剑心是小同乡，少时都是嘉兴中学前后期的同学，朱剑心氏生前常谈：赵斐云在初中时即光头不留发，而且《西厢》背得极熟，一见同学，便开玩笑，躬身一揖，念道："小生姓张名珙字君瑞，年方二十二岁，尚未娶妻……"是一个极为风趣的人。后随王国维先生最久，伦明《辛亥以来藏书纪事诗》云："绝代蛾眉王静安，赵商传业郑君门。手中何限名山副，眼底无涯沧海观。"注云："十余年来，故都言国学者，靡不尊王静安国维。几如言汉学者之尊郑康成，言宋学者之称朱子也。然君读书最精细，凡过目者，多有精密校本，所纠讹文阐新义，多谛当。海宁赵斐云万里亲炙静安久，凡静安手校本，多迻录存副，屡次南下，为图书馆访书，又得造天一阁观其所藏，宜目中无余子矣。"伦哲如氏此诗写于乙亥年，这是四十五年前的记录了，当时斐云先生也不过只是三十初度，便已是海内知名的学者了。

一九二三年前后，清华学校国学研究院成立，王国维氏原在上海哈同花园，清华国学所成立，应聘北来，斐云先生也同时到清华做助教。其时清华国学研究院是梁任公负责，后又以"庚款"筹办国立图书馆，梁任公做馆长，袁同礼做副馆长，清华国学院的不少毕业生到图书馆工作，斐云先生也到了图书馆。所以伦哲如诗注中特别写出"为图书馆访书"一句。另去天一阁，最早是一九三一年夏，与郑振铎、马廉二氏访全国最有名的私人藏书楼宁波天一阁，发现一明代蓝格抄本《录鬼簿》，当即连夜分头影写，后交北京大学出版组影印出版，从此中外研究元代杂剧者，始知有此《录鬼簿》一书。吴县王佩诤有《续补藏书纪事诗》，记斐云先生云："陈乃乾、赵万里斐云均海宁人……万里佐理北京图书馆，宋刊元刻如数家珍，二十余年前，来苏主瞿庵师家，见其入门下马，行气如虹，头角崭然，睥睨一切，师设宴命余陪座……竟席未敢通一语。"记神态颇真切。

其学术上的成功，还得力于大兴袁同礼氏，袁氏从欧回国，长文津街国立图书馆，当时正用"庚款"

建新馆伊始，赵斐云、孙楷第、谢刚主诸氏均被延揽入馆，并无具体工作，只是任其看书，诸氏不到十年，均成为各有专长的知名海内外的大学人矣。这一点培养人才的眼光和功劳，不能不归之于袁同礼氏。其后赵斐云先生一生便服务于文津街国立图书馆，买书、编目，南北奔波，几十年如一日，早期还有一个前辈徐森玉与之相共，后来徐氏南下另就新职，北京馆便只剩下一个赵斐云了。几十年中，真不知为北京图书馆购买了多少善本，为国家抢救了多少文物。四十七年前出版的《国立北平图书馆善本书目》四卷，是赵斐云先生一手编成的，这该是先生一生中最重要的著作吧！其他如从《永乐大典》中校辑宋、金、元人词，为静安先生编年谱，都是于学术界极有意义的工作。记得一九五七年夏，在灯市西口电车站上，曾和先生匆匆见过一面，其后再无联系。

《北平笺谱》

郑西谛先生不幸去世已经三十来年了吧，时间真快，正像鲁迅先生所说，一抓头皮，四分之一世纪已经过去了。西谛先生如果健在，算来也是九十上下的寿者了，同时人尚多健在者，每一念及，未尝不惋惜先生之意外不幸了。最近在《出版史料》上，读先生一九四三年日记，不禁想起先生在文化古城时的情况。

西谛先生与北京的关系和感情是极深的。除后来担任文化要职，久住北京外，早在一九三〇年，即民国十九年，先生即到了当时的北平，一边在燕京大学教书，一边从事文化工作，成绩非常大。插图本的《中国文学史》是这个时期完成的。这套北平朴社版绿色封面，中间一个时钟指针图案，四册一部的文学史，有一个时期，成为旧书店中抢手货，价钱一再提高。《北平笺谱》也是这个时期完成的，虽说和鲁迅先生合编，但主要的刻印等事，都是在琉璃厂做的。当时还是老荣宝斋，刻工是张老西儿、板儿杨。这些具体事项都是西谛先生办理的。当时他家住在南池子，授课之暇，先到琉璃厂各大南纸店去选购笺纸，然后抱着一大包笺纸兴致匆匆地坐上包车回到南池子寓所，于灯下展玩之，心中感到无限欣慰。这些甘苦故事，后来记叙在先生的《访笺杂记》中，印在《北平笺谱》后。其历史意义，可比李南涧和缪荃孙的《琉璃厂书肆记》《后记》，因其所记是文化古城时期的，意义更大。《北平笺谱》共收木刻套印彩笺三百一十幅，瓷青纸书衣，线装，六册一函。书衣题签，沈兼士先生写。引首沈尹默先生写《北平笺谱》四字楷书，作欧阳率更体。鲁迅序魏建功先生写，但未署真名，只署"天行山鬼书"，因当时鲁迅与钱玄同先生有成见，而魏又是钱的大弟子，对师门十分尊重。鲁迅写给郑西谛先生信说："但我只不赞成钱玄同，因其议论虽多而

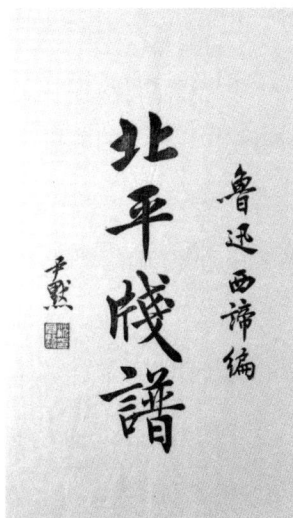

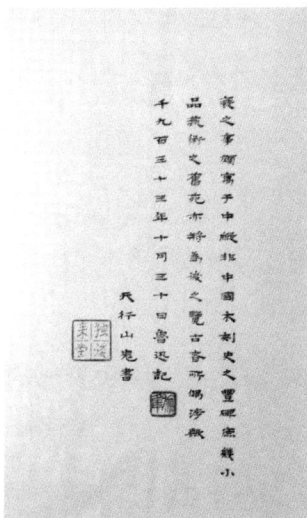

▶《北平笺谱》引首　　　　　▶《北平笺谱》魏建功书鲁迅序

高，字却俗媚入骨也。"此信魏当时自然未见，但心上明白，所以署"怪名"了。继《北平笺谱》之后，又重印了明人海阳胡曰从的《十竹斋笺谱》，这部笺谱的真本，原藏通县王孝慈先生家，也是西谛先生借来重梓的。后来又印《博古图叶子》，陈老莲《水浒叶子》，也都是继承了这一传统的。

再有就是他主编出版了大型文学刊物《文学季刊》，这是后来时兴的大型文学刊物的鼻祖。十六开本，厚厚的一大册。每期都有六七十万字。过去我收藏着四本，第一册中就刊有曹禺的《雷雨》，连序幕一起刊出的，序幕写在精神病院中，年老的周朴园来看望两个女疯子，一个是侍萍（四凤妈），一个是繁漪，后来演出都不带序幕，这些情节知道的人现在很少了。这是曹禺（万家宝）的成名作，应该说与西谛先生的慧眼不无关系吧。《文学季刊》前面刊印一张特约撰稿人名单，洋洋大观，几乎把当时南北的大作家都网罗在内了。当时这些文化工作，似乎只有北京能作。一九三五年初，谣传他将离开北京。鲁迅曾写信说：

先生如离开北平，亦大可惜，因北京究为文化旧都，继古开今之事，尚大有可为者在也。

可是过了一年多，西谛先生还是离开北京了，沦陷时期，先生远在上海，时时怀念北京，买到光绪丙午本《燕京岁时记》后写了长跋，充满了怀旧之情。下面摘引几句吧：

中山公园牡丹、芍药相继大开时，茶市犹盛，古柏苍翠，柳叶拍面，虽杂于稠人中，犹在深窈之山林也。清茗一盂，静对盆大之花朵，雪样之柳絮，满空飞舞，地上滚滚，皆成球状，不时有大片之飞絮，抢飞入鼻……总之，四时之中，殆无日不有可资留连之集会，无时不有令人难忘之风光。今去平六载矣！每一念及，犹恋恋于怀。

几年后，先生重回春明，荣任部长，可惜没有几年，因飞机失事去世了。

金石文字学家

一

　　唐兰立厂先生是我北大毕业时的代理主任职务的
教授，当时主任名义上是胡校长，由杨振声先生代理，
而杨又因体弱多病，根本不来，具体事务，就归唐先
生负责了。当时不明白是什么原因，近年读《胡适来
往书信选》，见傅斯年一九四五年十月的信说到北大复
员后的人事情况云：

　　　　国文系，二罗皆愈来愈糟，孙子书、孙蜀丞、
　　俞平伯在北平苦苦守节（三人似可择聘），语言学亦

可有很好的人。此系绝对有办法，但主任无人。

　　看了这段信才理解当时情况。五十年代后，先生应马叔平院长之约，一直在故宫博物院工作。记得是一九七九年吧，我去北京白石桥故宫宿舍看望冯先铭兄，经他带领一同去拜访了一次先生。后来过了半年多即去香港出席博物馆会议，会后，回到北京便身体不好，病了几个月，便去世了。据说先生在香港时，就因工作十分忙碌，已感到非常疲劳，回到广州时，别人到石湾参观，劝先生不要去，先生还一定要去，但是年纪太大，又经连日劳累之后，因而下了汽车，走路也很困难，只好两个人扶着勉强走走了。自此回到北京之后，便一病不起，终于去世。现在作古已十几年了。四十多年前，先生在北大时，是中文系语言文字组教授，又代杨振声先生处理中文系的工作。我是文学组学生，毕业论文题目是《鱼玄机与李季兰》，导师却是先生和另外一位，当时解放前一二年，社会动荡、物价飞涨，生活极为困难，吃了上顿没下顿，谁还能安心读书，因而毕业论文，也只是一稿完事，中间从未向先生请益，只是写完了订成一本书，到后门里恭俭胡同先生家中去请批分数，情景迄今历历如在目前。

▼ 唐兰

先生恭俭胡同的房子是一所路西开门的四合院，一进大门，北屋就是客厅兼书房，那时先生不到五十岁，但却留着很长的胡须，当时夏天，穿着蓝绸长衫，很长的胡子飘洒胸前，人家以为他六七十岁了呢。一边和我说话，一边匆匆翻阅，也未留下，随即加批及格。过了两年，又是夏天，在东安市场"国强"楼上吃冰激淋，正好遇到先生也上来吃冰激淋，很好的胡子全部剃光了。我连忙立起打招呼，笑问先生为什么把胡子剃了呢？先生笑而不答。大家心照不宣了。其后又过了二三年，听说他到故宫博物院当展览部主任副院长，便只在刊物上读先生的文章，而没有机会见面了。直到先铭兄带我去看望先生，其时沧桑几度，先生已老态龙钟了。

先生名"兰"字"立厂"，这个"字"现在很少有人知道了。早年在南浔刘氏嘉业堂读书。后来从王国维先生学金石古文字，极有成就。与容庚、商承祚二位先生，以及柯凤荪先生第二个儿子柯昌淇（也可能是"昌浚"，记不清了）四人，有静安先生"四大弟子"之誉。手头有一本中华书局珂罗版《北宋拓周石鼓文》，后面影印有马衡先生和唐先生的手写跋文，当时马衡先生是北大的教授，又是故宫博物院的院长。先生手写跋文，考证极为详尽，原拓为厂商以万金卖与日本，先生所保存的是照片，后归中华书局影印出版。跋语作于民国二十四年，已是足足四十五年前的事了。

另先生跋《静安先生遗札八通》云：

壬戌初始访先生于海上，辱不弃鄙陋，抵掌而谈遂至竟日，归而狂喜，记于先生所赠《切韵》

后叶。以为生平第一快事。凡斯景况，犹在目前，而先生之墓门且有宿草矣。偶理旧篋，得遗札八通，重悲逝者，爰移录之……

"壬戌"是民国十一年，这年静安先生八月十五日信云：

> 立庵仁兄大人左右：辱手书，敬审疏通知远，先治小学，甚佩甚佩。雪堂来书亦甚相推服……

"雪堂"是罗振玉字，可见他向静安先生请益，还是罗振玉推荐的。

现在很少人知道唐兰先生还是一位诗人，实际先生的诗极有家法，抄一首《白塔山》诗给怀念先生的人吟赏吧："烽燧前朝迹已陈，我来负手是闲人。山门四望松楸合，白日微暄恰似春。"

再有前两年听王蘧常丈说：立厂先生年青时，还挂牌做过中医呢。这事知道的人更少了。

二

▶ 容庚

容庚先生归道山已经好几年了，闭上眼睛，偶一回忆，先生昔年的音容笑貌便宛在面前……

那是沙滩北大红楼前面大门口，进大门左右两面，各有两间西式平房，左首是号房，即传达室，右首是请愿警的卧室。我们几个青年人说说笑笑走进北大校门，忽然由后面来了一辆自行车，越过我们这些人，到前面存车处停住下来了。骑车人接着便解开捆在后面车架上的东西。只见他中等身材，穿着棉袍，外罩旧蓝布大褂，围一条黑毛线老式围脖，但光头未戴帽子，从花白的头发茬子看，说明年龄在四五十岁之间了，而脸色却是黑中透红，十分健壮。那辆自行车，正如其人，虽然旧了，但仍很坚固。更特殊的是：后面很大很坚固的方型货架，像山东人开的米粮店中小力把送洋面的自行车，这在当时文学院存车处的几百辆自行车中是独一无二的。这位先生从车架子上解下一大包东西，抱着，一边和同学们笑着打招呼，一边走进红楼去了。这就是鼎鼎大名的古文字专家容庚教授。

容庚先生当时住在宣武门外上斜街老墙根，为什么住在这里呢？先生所著《丛帖目》自序中说：

> 一九三一年，余初抄得《鸣野山房帖目》稿本，喜其草创，然讹误满纸，每有所见，辄校改于其上。于帖目未收者，成校补一卷。一九四一年十二月，太平洋战争起，余移居上斜街东莞会馆，百无聊赖，以书画遣日。所居密迩琉璃厂，时至观复斋、富华阁、翠墨斋假丛帖观之……

先生当时是燕大教授，太平洋战起，燕大封门，先生广东东莞人，因此搬到会馆住。每遇伪北大有课，先生从家里把书和碑帖包好，捆在自行车架子上，像琉璃厂书铺送书的伙计一样，骑着来沙滩红楼，给中文系三年级同学上甲骨文课。久而久之，因此也就练出了一身硬功夫，在十二三年后，于广州中山大学校运动会上，容庚先生获得了教职员老年组自行车比赛第一名，连北京报纸都刊登了。今天，谁又知道：希白先生除去是古文字名教授之外，又是一名曾获得冠军的自行车运动员呢？

容庚先生字希白，在三十年代中，原是北京燕京大学的名教授，与郭绍虞、顾颉刚等位齐名，现绍虞先生还健在，而顾、容二老，近年间均已先后成为古人了。太平洋战争爆发，燕大被日本侵略者封门。容庚先生未去后方，屈就于伪北大文学院教甲骨文。我曾受教于先生一年。先生以怜悯处于日伪统治下的这帮苦学生的深情，冒着伪教授的恶名来沙滩上课，是很不容易的。抗战胜利，傅斯年氏在重庆唱出了"甄审伪学生，解聘伪教授"的花腔。容庚先生仗义执言，在报上发表了著名的《致傅孟真先生的公开信》，信中云：

卢沟桥事变，正当庚南归过汉之时，在粤逗留四月，北平已陷，南京岌岌。庚以燕大职责，乃复北归，黾勉四年成重订《金文编》《商周彝器通考》数书，教育部长授以二等奖状……太平洋事变，燕大教务长司徒雷登先生握手告余曰："吾辈希望之日至矣！"庚亦自念吾国百年积弱，庶几奋发为雄乎？燕大复校于成都，同人多西去，八妹媛亦从之而西。而庚独眷恋于北平者，自亦有故。……沦陷区之人民，势不能尽人以内迁，政府军队，仓皇撤退，亦未与人民内迁之机会。荼毒蹂躏，被日寇之害为独深；大旱云霓，望政府之来为独切。……我有子女，待教于人，人有子女，待教于我，则出而任教，余之责也。……

后面又说：

即以古文字、古器物之学而言，在真校则有

唐兰，在伪校则有庚，以言尚志，庚自不比相从患难之唐兰。以言尚功，则经验之富、著述之勇，苟有量才之玉尺，正不知孰为短长……即遭禁锢，庚独不能为买卖破铜烂铁之杭大宗耶？

最后又说：

> 吾辈遭遇，有似伯嚭，政府窜逐，无所怨尤。……天下汹汹不安，是非难定，公等所以为伪为逆者，安知不复有伪公逆公者乎？

全信洋洋洒洒，二千余言，不但驳得傅氏无言以对，而且不幸多言中了。其后不久，先生即去广州中山大学任文学院长。不唱高调，不媚世俗，敢于犯权威，这三点似乎比先生的甲骨文使人思念。至于其著述、学术成就，立厂先生与之相比，更不能同日而语了。

诗人之死

　　诗人徐志摩先生不幸逝世已经将六十年了，真是光阴荏苒，思之令人有"时不我予"之感。诗人是一九三一年十一月十九日乘邮政局运送邮件的飞机，由上海赶回北京的途中，飞机撞在济南附近的白马山上死的。志摩先生不幸罹难，是文化古城时期一件重大的不幸事件。刘驭万当时写给胡适的信说："在我们失去黑龙江的当儿，志摩先生遽遭惨祸，噩耗传来，不胜惋惜，据我看，徐先生之死，等于除东三省以外，我们又失了一省，先生以为然否？"

　　丁西林的信中说："志摩这次遇难，可谓悲惨之至，我们猝然听到的时候，泪虽脱眶而出，犹不敢遽信，听说你拟了几种纪念他的计划……"

老派人物曹经沅信中说:"志摩不幸,洵文学界之重大损失,弟与此君仅数面,然窃佩其天才……天竟厄之,为之奈何。闻噩耗后,为之夺气累日,气类之感,有如此者。"

只引此三函,作为各方面哀悼函件的代表,足见诗人之死,对当时文化界是多么大的震动了。

当年在上海和北京之间,虽已有客机航路,但这天没有班机,他乘坐的是运送邮件的小飞机,即使不出事,也是十分颠簸的,但是他为什么还要坐呢?据传说是因为他那天急于要赶回北京。当时他匆匆由北京赶来上海,是因为其夫人陆小曼在上海开支不够,正巧友人蒋百里要卖掉一座大房子,让他来上海在契约上签个字,做个中人,可以分一笔"中佣"钱,以补贴其夫人的家用。签完字分到钱本来可以在上海多住几天,可是又因为梁思成夫人林徽因女士在北京要给外国人士做一次中国建筑艺术的讲演,他急着赶回北京，听这次讲演，因之来去匆匆，终因搭乘邮便飞机，不幸遇难了。死时只有三十七岁，正值壮年，是中国文化界、教育界中很大的损失。

当时北平、上海都开追悼会悼念诗人。刘海粟这时写给胡适的信道：

> 此间定二十日公祭志摩。昨晤申如先生，渠愿瘗之于硖石。其余一切均待吾兄到沪商定。朔风多厉，希珍重。

申如先生是诗人父亲。两年后，陆小曼扫墓诗云：

> 断肠人情感未消，此心久已寄云峤。
> 年来更识荒寒味，写到湖山总寂寥。
> 癸酉清明回硖，为志摩扫墓，心有所感，因题以博伯父大人一笑。侄媳陆小曼敬赠。

是送给诗人伯父蓉初先生的。

▶《北平笺谱》书影

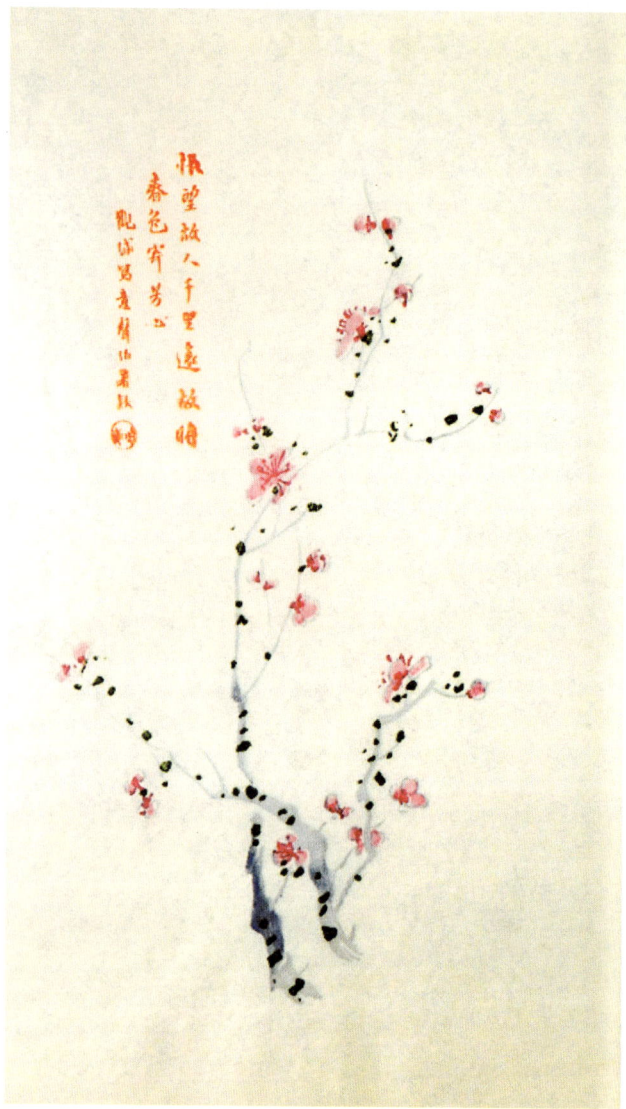

很望故人千里遥故时
春色窄芳以
観城写庚续伯萧秋

《北平笺谱》书影

徐志摩先在美国拉克拉大学，后到英国剑桥大学，一九二二年由英国留学回国后，不久即应北京大学蔡元培、胡适等之聘，到北京大学任教授，后来是"庚款教授"，据说工资高达银元五百，另外他还兼上海光华大学、大夏大学等校教授。因此经常往来于北京、上海之间。在去世前数月，还为新月书店筹划增资，扩充股份。一般人以为诗人是只懂作诗，不会打算经济的，实际是错了。他原是学经济的，创办新月书店，出版新月丛书，《新月》杂志，计划十分周密，当时影响是很大的。当时《新月》的成员是：罗隆基、胡适、梁实秋、闻一多、叶公超、余上沅、陈西滢、凌叔华、沈从文等位。其中凌叔华女士以九十高龄，今年刚刚去世，其他各位，则早已都成为古人。而给胡适写信的刘海老，却仍白发婆娑，游戏人间，又去了一趟台湾，真感此老有似南极仙翁了。因此他的家应该安置在北京才是，但却因夫人关系把家安在上海，自己一个人在北京寄居在景山东街米粮库胡适之先生的楼上。

　　据说他住在北京，每月要汇四百多元给上海家中，还常感拮据，在最紧张的时候，他把每月工资，只留三十元自用，其他扫数寄给夫人。这样，这位月入颇丰的大诗人，反而日处困境了。三十元大洋，在当时如果给一个普通人，养一家人也可以过活，但给一位应酬颇繁的大诗人、大教授，便不够用了，难免破袖口的衬衫也穿在身上了。

友人古建筑家陈从周教授，是诗人表弟，著有《徐志摩年谱》。有一次，我去从周兄家中，看见诗人杭州府中学一年级时日记的复印件。据说这两册日记，原存硖石老家中，沦陷时，日本宪兵到家中检查，别的东西都未动，一个宪兵把这两册日记拿走了。日本征兵制，做宪兵的，都是大学程度，倒不是因日记犯禁，而是他知道诗人，看见手稿，心爱便拿走了。几年前，这个当年的宪兵，以赎罪心情，交出日记，经过辗转，日记回到诗人在美国的哲嗣手中，复印一份，寄给从周兄转香港印全集。看日记，当年中学一年级的水平，书法与文理，今均为《广陵散》矣。

凤凰因缘

沈从文先生直到八十年代初才去美国讲学。而且美国已有好几位学者，因为研究他的作品而获得博士学位。这已是在志摩诗人罹难半世纪之后的事了。

徐志摩先生不幸罹难后，前不久去世的凌叔华女士当时写信给胡适之先生说：

适之：日前收信件及志摩遗影，甚感甚感！十余天前从文有信来（他是志摩三四年来一个知己，想你也知道）……

从短短的这几句话中，可以看出沈从文先生和诗人的深厚友谊，一个是江南世家，广有财产，又是剑桥留学生的大诗人，一个只是湖南湘西当兵出身的新文学家，结为知己友谊，很可以想见前辈们的风范了。

沈老先生是湖南湘西凤凰县人。凤凰县原为凤凰厅，地处沅江最上游，和贵州的铜仁、川东南的秀山等县邻近，是万山丛中的一座十分偏僻的县份。它濒临沅江边，坐船顺流而下可经沅陵、常德入洞庭，县名"凤凰"，漂亮到极点，从那古老的边城的青山绿水中，从那山岩上倒挂的女萝丛中，从那参天的老樟树的枝头，似乎真的扑棱棱地飞出一个个的"凤凰"来了。沈先生当年就来自这似乎真飞出"凤凰"的地方，这是"凤凰"因缘之一。

六十多年前，一个湘西偏远小县的少年，能到长沙，已是不容易了，又如何能来到北京，最后成为全国知名的大作家？原来有个在凤凰担任武职的熊家，后人中也出了一个文人，这就是壬辰（一八九二）会试联捷，点了翰林的熊希龄氏。他辛亥后出任过国务总理，后来在北京香山办起了香山慈幼院。因为沈从文

年青时写的一笔好小楷，文采又好，因之约他到香山慈幼院任文书之职，熊希龄氏人称"熊凤凰"，沈因"熊凤凰"之引荐，离开凤凰县，到了京华胜地——香山，这可以说是"凤凰"因缘之二。

　　沈先生自己苦学勤写，又认识了胡适之、郁达夫等名家，并得到这些人的赏识。由于天才、勤奋，再加名家的引进，没有多少年，便学问大进，成为有名的多产作家，成为名满全国的笔调细腻的作家。后来在青岛大学执教的时候，又结下了另一段"凤凰"因缘：先生夫人叔文（笔名）女士，原籍安徽，但却生长在江南名城苏州，其先人在苏州留下很大的住宅，叔文女士的童年便是在那所宅子中度过的，后来到青岛上大学，正是最风头的时候，校中人誉之为"黑凤凰"，后来同沈先生结婚之后，二位曾把来往书信印了一本集子，那便是著名的《黑凤集》，这便是先生的"凤凰"因缘之三了。现更飞越重洋，那真是"凤凰于飞"了。

抗战胜利之后，先生回到北大教书，我补修先生的《现代文学选读及习作》，出一两字的散文习作题目，如《影》等等，我交的作业，先生能在稿纸两行的空格中再加三行小字，先不说文字，只是这蝇头小楷，甚至比蝇头还小，已十分惊人了。这卷子我一直收藏到抄家，抄走之后，再也没有回来了，只是记忆中的事了。当时先生住在景山东街宗老胡同北大教师宿舍中，几间北房，还像个样子。几度沧桑而后，我到小羊宜宾胡同去看望先生，一间小东房，又是临街西窗，在夏天上午下午都晒太阳。后来先生搬到新居，我又去过两次，因新居地势冲要，拜访先生的太多，我就不再去了。现在我还保存着先生送我一幅字，一本书，一封信，现在先生的传也出版了，我在此也不必多说了。先生有笔名"上官碧"，写条幅送人时，常以此署款，或知者尚少，特介绍之。

徽因教授

凌叔华女士久居美国，今年已九十余岁高龄。前几年于友人处，见女士函札，字迹端谨，文思周密，仍是五十年前典型，寿近期颐，早已预卜矣。

"大江东去，浪淘尽、千古风流人物"，看着凌叔华女士的函札，不禁想起与其同时代的

▼ 泰戈尔访华时陪同的徐志摩和林徽因

装饰艺术专家林徽因教授。林教授去世近三十五年了，如果健在，也该是近九十岁的高龄。可惜由于长期的肺结核病，身体过弱，较早地凋谢，至可伤也。

林徽因教授当年是有名的才女，既是画家、建筑学家、装饰艺术专家，又是散文家、戏剧家，真可以说是多才多艺。其先德林长民氏，是著名学者，名宗孟，福建闽县人。清末在东京时，与梁启超是好朋友。民国初年，袁世凯解散国会，设参政院，黎元洪任院长，汪大燮副院长，林长民秘书长。是北洋政府的著名人士。最后林长民跟东北军郭松龄做高级谋士，郭松龄倒张作霖的戈，失败了，为张所杀，林长民也罹祸了。以著名学人而不幸死于军阀权势之争，现在作历史的回顾，似乎感到太遗憾了。但中国这样的人甚多，固不只林宗孟一人也。

一九一八年，林长民氏去英国，其女公子林徽因也跟在英国读书，她高中都是在英国读的。所以她的英文特别好，尤其长于口语口译。印度诗哲泰戈尔游北京，演讲时，除去徐志摩担任翻译外，再有就是由她来担任翻译。

林徽因教授是著名建筑专家梁思成教授的夫人。他们伉俪在当时可以说是新旧相兼，郎才女貌，门第相当，情投意合，几乎可以媲美李清照、赵明诚，是最令人艳羡的美满婚姻。为什么说是新旧相兼呢？因为他们在婚前既笃于西方式的爱情生活，又遵从父母之命所结的秦晋之好。因为林长民和梁任公是好朋友，为子女订了这门婚姻。又因林长民是段祺瑞内阁中

▼ 林徽因与父亲林长民

的司法总长，梁启超做过熊希龄内阁的司法总长、段祺瑞内阁的财政总长，所以说是门当户对。

林长民胡子很长，有美髯公之称。民国十年福建老诗人陈石遗入京赠以诗云：

> 七年不见林宗孟，划去长髯貌瘦劲。
> 入都五旬仅两面，但觉心亲非面敬。
> ……
> 小妻两人皆撝我，常服黑色无妆靓。
> 长者有女年十八，游学欧洲高志行。
> 君言新会梁氏子，已许为婚但未聘。

老诗人的诗记录了林徽因教授的年龄算到今年也只是八十一岁的老人耳。

林徽因、梁思成二位，一生在事业上也是志同道合。思成教授长期在清华任建筑系主任，夫人则长期任建筑装饰学教授。如果说思成教授的学术偏重于营造学史、建筑工程、工艺方面，那徽因教授则更偏重于建筑艺术的美学方面。思成教授生前，常常爱说"不愧名父之子"，那么徽因教授自然也不愧名父之女了。因而他们来往的好友，更多是文学、戏剧界的人士，近六十年前，他们来往最多的是丁西林、陈西滢、胡适之、陈衡哲、江绍原、凌叔华等位，那时沈从文、焦菊隐等位，还是初露头角的新人呢。

我最初知道林徽因的名字，那已是远在上述胜会之后了，因为我的行辈晚他们二十多年。我最初知道林徽因，是在商务印书馆出版的《文学丛刊》创刊号上，她的四幕剧本《梅真和她们》是在这个刊物上连载的。这是沈从文先生编的大型文学刊物，创刊号上还有萧乾、施蛰存等人的作品，过去我收藏有前四期合订本，思之如在目前，但早已无觅处矣。自我得之，自我失之，世事自当作如是观耳。而我真正见到林徽因教授，则是更后十多年，我代表一个机关驱车去清华接思成教授审查图纸，这样才有幸见到徽因教授，后来在一次展览会上又有幸接待过她一回，以后再也没有机会见到她，也不可能再见到她了。

关于她的情况，更多的是听另一位老先生说的。她与大诗人徐志摩有一段极为深厚的友谊。早在徐志摩在英国康桥皇家学院读书时，林正随其父在英伦读中学。林的祖辈曾任海宁州知州，同徐父申如先生是世交，异国相逢，自然来往十分密切，这样在英伦海滨种下友谊的种子。数年后，大家又都聚会在北京，不但都成为社会上文化界名人，而且又都是风华绮丽之时，过从甚密，风头之健是少有的。林家住景山东街，院中有双梧树，名雪池斋；另西山有别墅，林徽因生肺病，住在其中养病，徐志摩经常去看她，用汽车接了她，开到燕园，故意由另一位女文学家窗下轻轻开过，一时传为韵事。一次泰戈尔生日，徐志摩主持在东单三条协和礼堂举行的庆祝会，林徽因演《齐式拉》、陆小曼演《卡昆岗》。徐逝后四周年，林在《大公报》文艺版著文纪念，抄几句作为本文的结束语吧：

在昏沉的夜色里，我独立火车门外，凝望着那幽暗的站台，默默地回忆许多不相连续的过往残片，直到生和死间居然幻成一片模糊，人生和火车似的蜿蜒一串疑问在苍茫间奔驰，我想起你的：火车擒住轨，在黑夜里奔过山，过水，过……

颉刚先生

在顾起潜先生处，见到台湾印的《胡适手稿》，内收一九四八年冬胡适在上海借合众图书馆《水经注》时的往来函件。有两封十分有趣，一封结尾处写"在此天翻地覆之时，我们还向故纸堆中找材料，十分可笑"，一封则写"多谢嫂夫人盛馔"。起潜丈笑说，当时什么也买不到，他来了，没有吃饭，只是青菜豆腐下饭而已。"盛馔"二字，今日读史者看了，还以为我请他吃鱼翅席呢！接着又谈到顾颉刚先生与胡的关系，起潜丈说：后来比较疏远了。似乎如此，试看厚厚的三本《胡适来往书信选》，颉刚先生的信都集中在前期，后来就没有了。颉刚先生原是北大毕业，在北大教书的，大革命时期去了一趟厦门、广州，一九二九年又回到北平，在《辛未访古日记》序言中说：

> 忆民国十八年秋，予初至燕大任教，郊居静谧，容我读书，与前数年闽粤生活如沸如羹者大异，快慰之至……

所说闽粤生活如沸如羹的话，就是在厦门大学和广州中山大学和鲁迅的纠纷闹到登报要打官司的地步，到燕大教书之后，全身心投入到学术中了。顾起潜先生是颉刚先生的叔父，但年纪小得多。

香港报纸上过去曾有"京华姑苏三老"的说法，指的是顾颉刚先生、章元善先生、俞平伯先生。不过俞先生虽然年幼时生长苏州，但原籍是浙江德清，按照习惯说法，不能算苏州人。因而这"京华姑苏三老"，于顾、章二位之外，应添上叶圣陶先生。这才真正符合"姑苏三老"的提法。把俞平老算在一起，大概因为俞、顾既是小同学，后来又一同通讯研究《红楼梦》。

▶ 顾颉刚

顾颉刚先生于八十八岁时离开人间,虽说寿登耄耋,但也不能不说是中国学术界的一大损失。

颉刚先生是地道的苏州人,而且出自名门,是清代苏州著名藏书家秀野草堂顾氏的后人,学术渊源,其来有自。提起颉刚先生,年纪大一些的人,可能都还记得"大禹王和大爬虫"的故事,这是顾老早期论文中曾提过的大胆设想，但当时颇为卫道者所非议。其实在学术上，探索一个疑点，提出一种假设，也并非是什么严重的大事。

顾老平生的著述主要有《古史辨》《浪口村随笔》《中国历史地图》，主编过在世界学术上有价值的刊物《禹贡》。一生精研《尚书》，精细标点《资治通鉴》。一生曾三次标点《史记》，其标点之精，真可以说是"明察秋毫"。例如标点《项羽本纪》中"鸿门宴"一段："今者有小人之言，令将军与臣有隙——项王曰：此沛公左司马曹无伤言之，不然，籍何以至此。"顾老标点这几句话时，在刘邦说的"令将军与臣有隙"一句后面，不点句号，却写了个破折号，是大有学问的。表示刘邦急于向项羽表白自己没有野心，话还很多，没有说完，就被项羽打断之意。太史公描绘刘邦的急迫，项羽的胸无城府的传神之笔，经顾老这样一个破折号一点，则神情完全跃然纸上。

本着治史者读万卷书，行万里路的趣旨，顾刚先生特别爱旅行，他自叙其目的云：

予自幼好游览……其后居北方，力所能至，无不往者，近郊远邑，都作盘桓，匪特赏其风物之美，罗烟霞泉石为吾狎友，亦欲借以接触民间生活，识国家之现实情状，不使欺蒙于现代化之城市外衣。

他把旅行游览的目的说得很清楚。民国二十年春假中，在北京燕京大学历史系任教，曾同洪煨莲、容希白、吴文藻诸位先生于河北、河南、山东等处旅行，访问古迹，购买文物、书籍，还曾特地到大名去访问崔东壁家的后人，但清代这位著名的北方朴学大师崔东壁的后代当时已十分凋零了。顾老此行却为燕大图书馆在各地搜求了不少古籍。但其更重要的收获则是在《辛未访古日记》前言中所说的："黄河流域为我国文化之摇篮地……何意时移世易，其贫若斯，其愚若斯！鸦片、白面、梅毒，肆其凶焰……兵灾、匪祸连结不解，人民不识正常生活为何事！……我自作此旅行，常居明灯华屋而生悲，以为国人十之七八，犹过其原始生活，我不当超轶过其……"

在以上这样思想境界的基础上，颉刚先生晚年以七十七八岁高龄，主持标点"二十四史"，克底于成，是永照史册的胜绩。对中华历史学术文化之贡献，较之叫喊一世者可贵多矣。

起潜先生在给我写的《燕京乡土记》序中说：

> 昔我家颉刚教授在广州中山大学提倡民俗之研究，研究关于民间流传之信仰、习俗、故事、歌谣、谚语等，尝主编《民俗周刊》，亦是专门之学，岂可以识小视之。

手头有一本重印的《妙峰山》，当时在北京大学研究所工作的颉刚先生、容庚、容肇祖、江绍原、孙伏园诸先生去妙峰山庙会上作调查，写下这些报告，并在京报上发表，引起社会注意。后来出版了这本书，序中说："我们这件工作总算抢到了一些进香的事实，保存了这二百数十年来的盛烈的余影！"今日重阅，想象见之，感谢先生了。

八道湾老屋

读《知堂回想录》，前面有一张北京八道湾十一号周宅院子的照片，可惜只照了三间屋子。这里原是有三十来间房子的大院子，按北京老话说，是"大宅门"。

这所房子是民国八年八月间，周大先生亲手买的，原房主姓罗，房价是三千五百元银元，外加中佣银元一百七十五元。

当年北京买所房子，也是件不容易的事，不但要有钱，而且还要花点辛苦。有时看了许多所，也不一定看准一所。而且还要先托熟朋友，辗转找"房牙子"。即使如此，到实地一看，也不一定就能马上拍板。查《鲁迅日记》，在买定八道湾房屋之前，曾到报子街、铁匠胡同、辟才胡同、蒋街口、护国寺等处看过房，都不中意，由二月到七月，奔波了半年，才看中八道湾的房子。

一般买房看房子，先看中房子，然后再谈价钱，买卖双方直接谈的也有，但很少，除非是熟朋友、自己人。一般都通过中人，即"房牙子"来讲价钱。讲时，在买卖双方之间，不用嘴说，只用捅袖子的方式秘密进行。当时，大家都穿长袍子，袖子很长，遮着手，房牙子把手伸给买主，在袖筒中把拇指、中指、二拇指并在一齐，伸给买主握着，说道："人家要这个整"；又把中指和姆指绞起来给买主握着，说道："这个零儿。"这就意味着整数是七，零头是五，或是七千五，或是七百五等。同样买主还价，"咱们只能出这个整，这个零"。也用这种方式进行。中人和卖主商量："人家只出这个整，这个零。"也是这样捅袖子。由二拇指算，伸一指是一，伸二指是二，直到四，五前面已说，拇指与二拇指并是六，再并中指是七，拇指、二拇指分开是八，二拇指一勾为九。如果自己不会这一套，可由要好朋友帮助洽谈，八道湾房屋就是教育部徐吉轩先生帮助买的。自然价钱不会一次当面谈妥，这就要房牙子两头再奔波洽谈了。如果不当着买卖两方的面，就不必用捅袖子的秘密方式，只要口头讲就可以了。

价钱和条件谈妥，然后由买主在饭庄子订一桌席，买卖双方及中人和帮忙的朋友都来，立草约，交契纸，交价款，或全部，或一半。付中人佣金，房价百分之五，买主出三成，卖主出二成，所谓"成三破二"，全部佣金分十份，买卖双方再各扣一份，给家中佣人或亲友，谓之"门里一份，门外一份"。八道湾房价三千五，故佣金一百七十五元。

北京当年，买到一所大房子，成交后，立约过契，照例要在大小饭庄子中办理，而且照例是买家出钱请客。买八道湾的房子，按《鲁迅日记》所记，是在宣武门外南半截胡同广和居请的客。过契过款，第一，先交房价二分之一，一千七百五十元大洋，再加一百七十五元中费，一共一千九百二十五元。如果连酒菜钱算上，周大先生这天开支，将近二千元，这在当时已是一个不小的数字。付钞票还方便，要付现大洋，一般五十元一札，要足足四十札，其重是以每枚库平七钱二计算，要足足老秤九十斤，以周大先生的力气，是拿不动的。当时自然也有人帮助拿钱，不过日记中未写明，不好瞎说了。

置三四千价值的产业，在当年的北京，虽不算大，也不算小了。因而立约、过款、交契等等，酒席也总得像个样子，馆子也总得在有点名气的饭庄子里。至于广和居，那是名闻中外的，虽然在一个偏僻的小胡同里，地方也不大，但却是百年老店，在清末连庆亲王、军机大臣张之洞都爱光顾这家馆子，认为是风流韵事。在这点上，十几层楼的北京饭店恐怕也比不上它。不过买八道湾房子在此请客，也并非完全因为它有名，更重要的原因是离绍兴县馆近在咫尺，当时周大先生（鲁迅）、周二先生（知堂）都住绍兴县馆中啊。

买八道湾房屋，共过款三次，除第一次外，第二次付款四百，收房九间，第三次付清，全部收房。这是什么意思呢？就是北京当年买房，都是买人家的老房，并非是像现在的高层楼宇，专门造了出卖的。人家的老房，卖时并非空房，还住着人家，大房子尤其如此。买主要等房子腾空之后，才能把房子陆续收回。所以不一次付清钱，要等陆续拿到空房，才把房价付清，如原来有出租的房客，也要由卖房的人付一些搬家费用，使得他们能另外租房，早日搬家。

八道湾房子原是西北城老北京人的老式房屋，原来一般连玻璃窗也没有，更不要说什么自来水、电话等设备了。八道湾房子买来后，还要到巡警分驻所及其他机关税契，即交钱办房契过户手续，还要修理、裱糊、装玻璃窗、装自来水等，一总也花了几百元钱。所以八道湾十一号周宅房产的总价值当年约是四千银元之数。

民国八年还是北洋政府时期，北京的官吏很多，买好房子的人不少，房价也是比较高的。八道湾在西

▼ 八道湾十一号
院格局简示

北城，地点差些，所以房子卖不上价钱，这所大房子也只三千五百元，在当时说来，价值是不算贵的。

北京旧时代东西北城的房子，有不少都是大格局。临街先是车门，进来约有半亩大长方形的一块空地，是停车场，当年坐骡拉轿车，可停好几辆大鞍车。空场北面才是正式大门，大门里是一宅分为两院，有垂花门，或月亮门的大四合院子。八道湾的房子就是这种格局。而且还有跨院、后院。在西北角是跨院，跨院往东，有一大排北屋，开间很大，每三间一组，中间开门。偏东两组成一排，西面则高出一些，连西边的西屋成一跨院。这排房子在过去是正院围房，自从成了"周宅"之后，这排房子却十分重要了。

中间三间，正斜对着通往前院的过道，外面看上去，原是三间北京老式房屋，花格木窗，中间风门，似乎一拉开就是一明两暗，两边隔扇的北屋，但是不是。这里面左手一间，完全改装成日本式，外装障子，里面是榻榻米。障子就是纸糊的木制拉门，就是人境庐主人黄遵宪《日本杂事诗》注中所说的："室皆离尺许，以木为板，借以莞席……下承以槽，随意开阖，四面皆然，宜夏而不宜冬也。"不过黄遵宪所说的是纯日本式的，而周宅的日式房屋，倒是改造的，是中日合璧式的。

北方的老式房屋，靠山墙由窗前到后墙盘的炕，叫"顺山大炕"，即房间进深多少，这炕便有多长。周宅这间日本式房屋，大约有一丈二尺长，九尺阔，按日本计算方法，大约是六叠席吧。推开障子，上去就是六叠席的榻榻米的日式房间。所不同的，下了榻榻米，不是日式玄关，却是两间中国老式的大方砖地，还有半段木隔扇、靠墙都摆着大书架的书房。黄遵宪诗注中所说的"宜夏不宜冬也"，在这里是不存在的，冬天外屋生了大洋炉子，这间北京式老屋中的日式房屋，也只不过是带有暖阁的一条顺山大炕而已，不但温暖，而且挡风。这便是当年周二先生的一所住室。

八道湾十一号周宅，里面种有花木，如丁香、海棠之类，有的还是名人手栽，是很值得纪念的，此外有"苦雨斋""苦茶庵"，以及"知堂""药堂"等等，五六十年来，有世界名望的新旧文学家，中外学者，不知道有多少人出入过八道湾十一号周宅，其间在文化古城时期，俞平伯先生是八道湾常客。先生来函曾录示其《京师坊巷诗——八道湾》云：

转角龙头井，朱门半里长（旧庆王府）。

南枝霜后减，西庙佛前荒。

曲巷经过熟，微言引兴狂。

▶《北平笺谱》书影

▼《北平笺谱》书影

流尘缁客袂，几日未登堂。

　　小诗写由东城老君堂坐洋车去八道湾所经路线。龙头井、定阜大街是必经之路。"曲巷""几日"结尾一联，可见其往来之频繁了。老辈故事，思之亦不胜风流过眼之感了。

北大老学生

    大概是十几年前，暑假回到北京，常常在一个野茶馆和友人们喝茶，座中还有不少老辈，有一次萧重梅仁丈邀大家作诗酒之会，座中六七位北大毕业的。重梅丈毕业于民国十年，史学家杨向奎教授毕业于三十年代初期，我毕业于一九四七年，还有两位毕业于五十年代、六十年代的年青朋友。这样北大毕业生一共排了五代，重梅丈是第一代，向奎教授第二代，我是第三代，大家说得非常热闹，重梅丈感慨地说六十年前的北大学生，现在硕果仅存者，能有几人呢？当时国文系同学，除他自己外，现在还在孜孜不倦地饾饤文字者，只剩下他和郑天挺老先生了，都是八十五岁以上的高龄，真有当代灵光之感。其时天挺先生还健在，今亦下世多年矣。在感慨系之之余，不免说起当时他的老同学李锡余来。

李锡余氏，字我生，广东人。出生在香港，家中为茶商，豪于财，与诗书并无渊源，而这位我生先生，却像苏曼殊一样天生是读书种子，不但自幼酷爱读书，而且资质过人，在香港受完中等教育后，负笈北上，考入北京大学国文系，是时不但中、英文字均已深通，而且已经很渊博了。当时教师如刘申叔、黄季刚、黄晦闻、吴瞿庵诸公，都是海内负有盛名的大学者，我生对之自是五体投地有如鱼得水之乐，但是对于水平差之教师，却毫不客气，常常采取出乎意外之行动。有位教中国通史的讲师，水平稍差。一天上课，这位教师讲了十几分钟之后，李锡余忽然走上讲台，望该教师深深一揖，说道："希望老师今天就辞职，回家读十年书，再来上课，因为某某、某某等处都讲错了。"这位教师风格也高，下课之后，二话没说，向教务科送个条子转呈校长辞职走了。

钱玄同先生当时教音韵学，于广东音韵部分，曾经他正音多处，钱先生欣然致谢，并和他多次探讨粤语系音韵，师生之谊，久而弥笃也。

李锡余氏和萧氏有一联咏雪诗："千树梨花唯少月，一樽竹叶又临年。"词句清丽，李氏极为喜爱。毕业十数年后，李氏任天津《泰晤士报》主编时，尤念念不忘这两句诗。

李于毕业后，北方无适当工作，便回到广东，本来家中饶于财，可以靠父荫在家闲住读书，但又耻于家居闲住，便在建设厅做了一个小职员，写信给同乡老师黄晦闻（名节，广东顺德人），述其不得意之境遇。不料黄回信不但不安慰他，反以什么服务乡梓，不应计较位置高低等语申斥了他一顿。他自此之后，再不理黄节。后来黄回粤任教育厅长，亲自到建设厅去看他。他马上写一辞呈，让差役送给厅长，收拾东西走了。其耿介处有如此者。其后黄晦闻遇到熟人就不胜感叹。不过其后李我生也没有什么大的建树，抱着一肚子学问，默默以终了。

这位写信教训学生的黄晦闻先生，在大革命时做了一任广东教育厅长，而在北伐之后，并未继续做官或升官，却又回到北大教书。愤世嫉俗，觉得当时很像晚明，讲顾亭林诗，慷慨激昂，给人写字，常钤一章，文曰"如此江山"，著有《蒹葭楼诗》。一九三五年一月二十四日因病去世了。

《丛碧词》

　　我有一本原刻本张伯驹先生的《丛碧词》。这本书是白棉纸印的，仿宋大字刻本，按照版本目录学家的说法，这是"黑口"、"双鱼尾"、页十行、行十八字、瓷青纸书衣、双股粗丝线装订。扉页是"双鉴楼主"傅增湘题"丛碧词"三字，是苏字而稍参颜鲁公，写得极为工整典雅。后面是"枝巢子"夏仁虎老先生的序，再后是郭则沄老先生的序，都写于"戊寅年"，即一九三八年，已是沦陷后在北平所刻。书很漂亮，古色古香的一本书，当年是印了送人的，原来印得就很少，现在流传更为稀少，我能无意中在旧书店中遇到，可谓幸事。

丛碧老人是袁项城表弟河南督军张镇芳哲嗣，辛亥时，同袁项城的四、五、六、七诸子，一同在英国人办的新学书院读书，后在陆军混成模范团受训，这是袁世凯自兼团长的高级武官训练团。张在《续洪宪纪事诗》注中，记他"洪宪前岁元旦"，奉他父亲之命给袁世凯拜年，袁最后对他说："回去代我问你父亲过年好。"拜完年回家刚进家门，赏赐礼物已先到。金丝猴皮褥两副，狐皮、紫羔皮衣各一件，书籍四部，食物四包。他说："不觉受牢笼矣！"

张丛碧老先生幼年有"神童"之目，天分很高，其先人和项城袁家是亲戚，因和袁寒云、张学良、卢永祥子卢小嘉或曰张謇子张孝若，被人称为"四公子"。家中雄于财，收藏极富，耳濡目染，早年就对古文物具备精湛的鉴赏力，又爱好古物，所收多精品，有名的陆机《平复帖》，原来就是他收藏的。因之他首先应该是一位鉴赏家，其次才是词人。

这本词是在北平沦陷时期印的，所以枝巢子一开始就在序中说："会罹世变，逢此百忧，沧桑屡易，小劫沉吟，骨肉流离，音书间阻，幽居感喟，时复有作……"调子虽然低沉，但感人很深。

《丛碧词》的风格，是"花间"的正宗，十分婉约。而我在这里不是谈词，而只是感到这些词中也保存了不少京华的史料，十分可喜。如有一首贺王瑶卿生日的《念奴娇》，其结尾处有几句云："更值明月如水，青鬓朱颜，钗冠扑朔，都是新桃李。春风座上，金尊消尽绿蚁。"这正是王瑶卿氏以"老供奉"的身份，广收门徒的年代，而时光流逝，当年的这些"新桃李"，如今健在者，不少也都是"头白李龟年"了，能不慨然吗？如又一首词牌为《多丽》，下有注云："余所居为李莲英旧墅……"词中并注明"廊宇建造，仿排云殿规模"，并说落成后，那拉氏曾来观览过等等。这也是有一定价值的掌故，如果此房仍在，修理好了，卖票参观，肯定也是有人要参观的。序是戊寅所写，但词却收有己卯的词，已是一九三九年。其书之刻，更在其后了。是年作者又由旧京辗转到了后方。有"武侯祠词"及登峨眉山词，是一首《六州歌头》，题目是《偕慧素登峨眉山绝顶》，词云：

相携翠袖，万里看山来，云鬟整，风鬟艳，两眉开，净如揩。独秀西南纪，镇梁益，通井络，齐瓦屋，蟠岷嶓，接邛崃。绝壁坪深，洞古神龙会、隐蓄风雷。听下方钟磬，烟雾起芒鞋，飞瀑喧豗，挂丹崖。　　又神灯灿，佛光幻，卿云烂，锦霞堆。开粉本，图鳞甲，砌琼瑰，绝尘埃。玉立千峰迥，银色界，雪皑皑。渺人海，笑万事，等飞灰。阴壑阳岩苍茫，看缥缈、双影徘徊。载将西阁笔，直上睹光台，一扫昏霾。

录最后这首词，以见一斑，也都算"书后"吧。

羡季先生

已故著名词曲家顾随先生，河北省清河县人，是民国九年北京大学英文系的毕业生，一生致力于词，为北几省少有的词曲家。他原名顾宝随，后单名"随"，又因《论语》中"季子随"的句子，取字"羡季"，在三四十年代中，在北京各大学担任教授，讲诗、词、曲

▶ 顾随

前后足有二十多年之久，前后在燕京大学、辅仁大学、北京大学、中国大学都教过书，他的学生国内固然很多，国外也不在少数，

现在大多也都是六十左右的人了，真可以说是桃李满天下，而且大多已是白头门生，兴念及此，也真不尽沧桑之感了。

我也很幸运，听过顾先生四个学分的课，固不敢与名家高攀同门之雅，但也总算身列羡季先生门墙的了。因为我读过两三个大学，再包括旁听，我和三四个大学发生过关系，照几十年前很不中听的说法，几乎是一个"学混子"，但也有它的好处，就是我有幸接触过较多的名教授，在我所听过的众多的名教授讲课当中，要论讲课风趣，有声有色，顾随先生则无疑是绝对冠军，其他任何一位老先生也比不上他，包括一些有世界名望的，如胡适之、周岂明、俞平伯诸位老先生。

首先，羡季先生风度仪表好，功架作派好。他老先生是纯粹东方式的风格，不要说不穿西装，就连西式大衣也不穿。冬天内穿春绸衬绒袍子，外面套丝棉或灰鼠袍子，灰鼠袍子外面再套大毛的狐肷袍子，狐肷袍子外面围五六尺长，可以在脖子上围两圈的黑绒线围巾，单只这套着穿三件袍子的穿法，在其他位老先生当中，已经是绝无仅有的了，妙在他还要都穿到教室中去，先除围巾，上台讲一会之后脱皮袍子，再过一会儿，教室越来越热，先生讲得也越来越高兴，微微见汗，再脱一件，快要下课时，停止讲授，再一件件穿上出去。

其次是顾先生极爱听戏、讲戏，每堂上课都要讲到戏，那就自然显得热闹，生动。特别爱说余叔岩，每提余叔岩就赞不绝口："真好，像六月天吃冰镇沙瓤大西瓜一样，又沙又甜又爽口，痛快啊……"他曾比较说："杨小楼的霸王，真好，有帝王风度；金少山的霸王就不行了，一看就是山大王，只能唱窦尔墩。"

以上两点，是顾先生讲课的趣事，自然更重要的是他的文艺见解和学养高，他老先生说："诗法不是世法，世法不是诗法。"并举释家名诗"地炉无火客囊空，雪似扬花落岁穷。拾得断麻缝破衲，不知身在寂寥中"为例，加以说明。这是多么高的境界呢，我始终服膺斯言。先生早年致力于词，小词有极有风致者，如咏马樱花之《浣溪纱》：

> 一缕红丝一缕情，开时无力坠无声，如烟如
> 梦不分明。　　雨雨风风嫌寂寞，丝丝缕缕怨飘
> 零，向人终觉太匆匆。

但在一九三四年《留春词》后记中云：

> 一九三一年春忽肆力为诗，摈词不作，一也；
> 年华既长，事故益深，旧日之感慨已渐减少，希
> 望半就幻灭……二也……

说了三种原因，说明词作少了。实际细读近年出
版的《顾随文集》，先生毕竟还是词人。

另在《积木词》自序中记书斋亦极有情趣，文云：

> 余旧所居斋曰"萝月"，盖以窗前有藤萝一
> 架，每更深独坐，明月在天，枝影横地，此际辄

若有得……冬日酷寒，安炉爇火，乃若可居，而夜坐尤相宜，室狭小易暖故。背邻长巷，坐略久，叫卖赛梨萝卜、冰糖葫芦及硬面饽饽之声，络绎破空而至，遂又命之为夜漫漫斋……一九三六年一月苦水自叙于旧都东城之夜漫漫斋，时墙外正有人叫卖冰糖葫芦也。

旧都冬夜生活情趣，令后人神思不置也。

新版《顾随文集》，后面有其女弟子叶嘉莹教授《纪念我的老师清河顾随羡季先生》一文，对先生之教学及创作介绍甚详。叶教授在上海古籍出版社出版过《迦陵论词丛稿》，在香港中华书局出版过《王国维及其文学批评》，对海宁王静安先生的文学艺术思想是研究得很深的。叶教授是一九四五年北京辅仁大学中文系毕业的。这正是抗战胜利的一年。那她的大学时期，是在北京沦陷时期度过的。辅仁大学是天主教系统的教会学校，有很长一个时期，校长是著名历史学家陈援庵（垣）氏。叶教授在辅仁读书时，中文系主任是沈兼士氏，她的词学教授应该正是顾随羡季先生了。顾先生是民国九年北京大学毕业生，和俞平伯、杨振声先生同学，是著名词曲家吴梅（吴瞿安）先生的入室弟子，一生致力于词，成为北几省中少有的词曲家。著有《无病》《苦水》《荒原》《留春》《积木》等词集。《积木词》是俞平伯先生著的序，这篇序后来收在《燕郊集》中，原文很长，不能多引，只稍引几句，其结尾部分说：

> 其昔年所作，善以新意境入旧格律，而"积木"新词则合意境格律为一体，固缘述作有殊，而真积力久，宜其然也……以积木名词者，据序文言，亦婴婗之戏耳。此殆作者深自为抑之又一面，然吾观积木之形，后来者居上，其亦有意否乎？

"婴婗"就是很小的婴儿，"积木"是婴儿的玩具，顾先生以"积木"名词，是很谦虚的。而俞先生的序言，则说是"后来居上"，是很推崇的。

南开大学

(三)对件

邓云乡兄：

自今年□月在沪相
晤之後，弟又居美半
年，未能經常□□□
□中前年自台灣杜□□主
致下惠贈之书法未□□
及將此謝為報。
□且聞兄於十一月底返國，
目前在天津南开大学講學，
道及此地方　天津300071
南开大学专家楼105室，电
话(22)350-5216。
我將在天津留至明年一月
中旬，如收到□□日不及会面，
附上拙作诗词稿一份敬
□□□如上　即颂

新年万福

叶嘉莹上 十三日

顾先生讲词，是十分重视推崇静安先 ◄ 叶嘉莹与邓云乡书
生《人间词话》的，曾有手校本印行。俞
先生的序写于"丙子"，即一九三六年，
《积木词》现已收入新版《文集》中，只是
俞平伯夫子的序已没有了。叶教授在词学
上传薪于顾羡季先生，把中国的词学在海
外广为传播，发扬光大，又写了许多辉煌
的著作，其对故国文化和世界艺苑的贡献，
都是了不起的。

叶教授这两年几度回国探亲、讲学，在《迦陵论词丛稿》的《后序》中引了自己的一首诗道：

构厦多材岂待论，谁知散木有乡根。

书生报国成何计，难忘诗骚屈杜魂。

诗的意思是极好的，只是"散木"一词太谦虚了，这就不禁使我想起顾先生的《积木词》了。

前年在京，在一个会上，见到叶教授，说起她原住察院胡同。才知她是三十年代给我看病的叶大夫的侄女，说来她府上我小时候就多次去过了。这样我才明白她原是清代满洲旗叶赫氏后裔，冠汉姓，姓叶了。

巡捕厅邓氏

杨振宁博士说过，清华园的一草一木对他都是有感情的。我对此也深有同感。我虽然没有得过诺贝尔奖金，但感情似乎也是一样的，对小时候、少年时代熟悉的东西、地方、人物，也同样是感到格外亲切。此即王粲《登楼赋》所说的"人情同于怀土兮，岂穷达而异心"了。古圣人说："恻隐之心，人皆有之；羞恶之心，人皆有之。"我想还应该加一句，就是"怀旧之心，人皆有之"吧。我怎么会发了这样一顿感慨呢？是我在北京偶然经过锦什坊街巡捕厅时想到的。

北京城墙全部拆光了，在有些城墙的旧址上，都修了大马路，虽然从保存古迹来讲，这样"一扫光"

的办法并不足取，但交通上却方便了。我乘公共汽车在月坛下车，再穿过大马路，不用走阜成门，俨然"跨城而过"，便可进入小胡同，弯弯曲曲地走到锦什坊街来了，在所经过的胡同中，有一条就是旧时的巡捕厅胡同，现在改名什么，我就没有注意到了，只是"门墙似旧，里巷依然"，当年巡捕厅的老样子，我还是认识得清清楚楚的。我仿佛看见两位十七八岁的风华少年，穿的都是蓝布大褂，下面是轮胎底的廉价皮鞋，骑着两辆旧自行车，从胡同东口迎着斜阳向西而来，在路北一个大红门前停住，跳下车来，一位个子不高，浓眉朗目；一位个子较高，舒眉秀目，推着车上了台阶，抬手按门上的电铃……这些情境像水波一样在历史的长河中回漩过，而今则早已消失了。只存在于极少数人的记忆中，偶然触动信息，略一重现，引起小小的思旧之情罢了。

这两位显现在记忆之屏幕上的少年是谁呢？一位就是举世闻名的美籍原子加速器专家邓昌黎博士，一位就是他的令兄音乐家邓昌国先生，兄弟二人年龄相差两岁，不过同在一个年级读书。俯仰之间，都是六十多岁的人了吧。

他们二人都是邓萃英（芝园）先生哲嗣，昌国行四，昌黎行五，昌黎是何夫人所生。芝园先生在二十年代做过一任师范大学校长，和平门外师大进门左侧，图书馆的奠基石上刻有他的名字。一九二一年八月蒋梦麟写给胡适信中说："银行说：没钱；财政部说：没钱，对不住。我和邓子渊两人把静生找回来北京，费了许多心……"这是北大、师大向北洋政府要钱的信，所说"子渊"，也就是芝园先生。文化古城时期，他并未做事，一面以宦囊所入，经营模范牛奶厂，一面堵门教子，四十年代末去台湾。读钱宾四先生《师友杂忆》一书记云：

余又应教育部之邀去台北，时日本已三度派人来台访问，教育部组团答访，部长张晓峰聘余为团长，凌鸿勋为副，一团共七人。有邓萃英、黄君璧等。

这是所知邓氏去台后的情况点滴。邓氏福建闽侯人，昌黎之母何夫人亦闽侯人，为清末进士何刚德后裔。曾官京曹、江西建昌知府。

当年因为同学的关系，这所房子我曾经是经常去的，那前面客厅山墙边上的过道，是通往后院的必经之路，那安静的庭院，整洁的走廊，一一都如在目前，当年这种房子在北京也还是中等的房子，并非十分大的"宅门"，但是这种纯粹"京朝派"的四合院住宅，在今后是很难想象了。近年邓昌黎博士常常回国，因为没有见过面，所以我不知他是否曾到故居去看望过。我最后一次到这所房中去看望当年的同学，那已是足足三十三年前的事了，虽然前尘历历，但毕竟是渺茫得很了。

兄弟二人小学均北师附小毕业，初中在育英，高中在志成。毕业后，昌国入师大音乐系，后留学比利时。昌黎入辅仁物理系，毕业即留学美国，五十年代即成为世界著名原子加速器专家了。

汪教授日籍太太

　　我常常怀念着一位日本国籍的汪太太，我在遥远的都市中，向她致以远人的祝福，祝福她健康长寿，她由北平而去昆明，由昆明而去台北，算来她现在也近八十高龄，或已经八十开外了吧？

　　她的两个儿子，一个女儿，都是我童年、少年时代的好伙伴，我们天天在一起玩，弹球、放风筝、玩袖箭打准头、捉迷藏，夏夜聚在一起望着天上的繁星说故事……因为我们是住在一所极大的、占地有七十多亩的大院子中的邻居，这所大宅子，大院之中，又有正院、偏院，若干小院，花园、球场等等，房东是已经式微、萧条了的尚书门第，房客是来自东南西北各个异乡的侨居者。孩子们是没有什么畛域和界限的，各家的大大小小的"小猢狲"们天天聚在一起，过着极为混沌烂漫的生活，这位汪太太的孩子，对我说来，还有另一层关系，就是她的大儿子是我的不同班的同学，比我高两级，我上初一，他上初三，他每天骑自行车上学，而我还是孩子，不会骑车，也没有车，家里给我车钱，一个时期，我不坐车，她儿子骑车带我上学，省下钱买旧邮票玩。后来让她小女儿和我小妹妹在两家大人面前告了密，我们都挨了一顿骂，原来是怕在马路上摔了，被汽车轧死。

汪太太的先生自然姓汪，是浙江金华人，日本东京帝国大学农学博士，当时在国立北平大学农学院做教授。汪太太的日本名字叫什么，我始终不知道。汪先生的名字我当时很清楚，但现在想来想去记不起来了，多么遗憾呢，现在只能称他汪先生或汪教授了。他们是在东京结的婚，我的同学汪缉虎（现在也该有六十出头了）就是生在东京的。他们的二儿子比我小一岁，叫汪缉熙，小女儿叫汪淑秀，我都记得一清二楚，而只把汪先生的称号忘了，固然年代久远，但也总是十分遗憾的了。

但他们的神情笑貌，我是记得非常清楚的。汪先生那时大约将近四十岁，留着短分头，常穿一身灰色西服，仪表十分精明，一看就似乎知道他是一位学自然科学的中年学者。汪太太则是穿中国旗袍，说一口北京话，完全是一位中国夫人的样子。记得我刚刚做她家的邻居时，有一次在二门口正好遇到她拖着小女儿淑秀出来。她小女儿对刚搬来的乡下孩子有点欺生，说了句难听的话。她马上申斥她女儿，并和我打招呼，她那天穿了一件紫地子白花的旗袍，五十年了，那色彩似乎还在我眼前浮动着。

我同他们做邻居，是四十六七年前的事，思之虽如昨日，但细想起来，岁月悠悠，已经将近半个世纪了，能不一抓短发，为之感慨系之乎？

我家搬到这所大房子中时，他们已是老房客了。我们住后院，他们住偏院，她家住偏院三间西房、五间南房，南房后墙有四扇大玻璃窗，开出来便是二门里的一片林木和大广场，环境是十分美的。她那个偏院中，一共住了三四家人家，都是大学教授，都有外国夫人。三位法国籍，一位日本籍。我初搬进来时，是一个乡下孩子，穿着带大襟的夹袄，又村又怯。我对着这个大院子中的各种人物、事情，都是极为新鲜的。院中的孩子们对我，也抱着好奇心，问长问短，态度也不同，有的戏弄，有的友好。有一次，在一起玩，我说话时用了一个"巴巴"的词语，别人都不懂，她大小孩马上过来，对我说："他们都不懂，我懂，'巴巴'就是屎，对吧？"马上向我伸大拇指，好像他与我都是大学问家一样，马上便热络起来了。他拉我到他家去见他母亲，他母亲很和气地问我这、问我那，当她听到我说要准备考学校，而且准备考的就是她小孩的学校，她便更诚恳了，让她儿子替我到学校去问老师，问问招生的情况，暑假过一两个月就到了，她还叫儿子帮我复习功课，准备考试。她的诚恳、温和的态度给我的影响很大，印象极深。按道理，我应该叫她伯母才对，可是北京那时总习惯于清代官场的称呼，总是叫老太太、太太、奶奶等，看过《红楼梦》的人，都了解这种称呼的习惯，因而我虽然后来成了她儿子的同学，称呼她却仍然叫"汪太太"，称她丈夫为"汪先生"，在这样的称呼和来往中，始终没有感到她是日本人。

但是她的确是我认识的第一个日本人，她虽然说一口十分温和而且标准的北京话，但她的生活习惯则完全是日本主妇式的。当时教授夫人不管中国籍、外国籍，家中最少三个佣人，老妈、厨子、拉包月车的。只有她家，只一位女佣人，相帮洗洗大件衣服、做做饭。买菜、缝衣服、收拾屋子，全是自己动手。那时只有她家有缝纫机，而且上面经常放着连着线的未完成的衣服。我在她家第一次看到新鲜玩意，日本式木澡盆"风吕箱"，她小儿子添火，大儿子洗澡，我在边上好奇地看着。我常常遇到她在家围着花布的花边小围裙拖地板，只有这时，才真像一个日本妇女了。

作为邻居，作为同学母亲的日本人汪太太，那时不大感到她是日本人，相处是友好的、真挚的。但那时并不都如此，时局的气氛在压迫着我们和她。"七七事变"发生了，北平沦陷了，虽然那所大房子因为里面住了三位法国籍夫人，门口挂了法国旗，以防止日本兵乱闯进来，但日本兵还是进来了，而且不是兵，是军官，是挂着少佐肩章的日本军官，进来就是找汪太太的。一下子院中人们都传开了，怀着神秘的、不安的心情互相转告着："汪缉熙的舅舅来啦……"

在"七七事变"发生的时候，汪先生刚刚坐西伯利亚大铁路的火车回国到北平没有多久。他做什么去了呢？当时南京教育部有个规定，凡是国立大学的正教授，每任教三年，就可以公费出国考察半年。汪先生是在那年元月份以北平大学农学院教授的身份，出国去德国考察的。去时由上海放洋乘海轮到马赛，经法国去的德国，回来时便走东欧经莫斯科坐西伯利亚大铁路的火车回来，半年时间，六月下旬刚刚到家，没有几天，就赶上战争爆发了。

由七月七日到七月底这二十多天中，包括北平沦陷后的一个多星期，有识之士，包括年纪大的和年青的学生们，纷纷想尽办法，离开沦陷后的北平。日籍汪太太护送汪先生和同院另外两个青年坐火车到了天津，由天津坐英国怡和公司海轮南下了。汪先生走后，汪太太并没有走，仍旧和两个儿子、一个小女儿住在原来的房子里过日子。因而她的在日本军队里做军官的、有少佐衔的哥哥按照地址来找她来了。但是这位处于妻兄地位的敌国军官来的时候，汪先生早已到了上海租界里了。

只是院中的人们互相转告着这个特殊的消息。人们却没有人怀疑这位日籍汪太太会成为敌人。因为她以前的种种情况使邻居们自然地不觉得她是敌人。她穿中国衣服、说北京话，对邻里那样和善，彬彬有礼，在当时抗日呼声中，她家的大人小孩，平日都有很鲜明的抗日的言论和观点。更重要的，她在北平已沦陷、日本军队完全控制着去天津的铁路、极为混乱危险的战争状态下，她亲自护送走了她的丈夫和两个青年，这些都是人们信赖她的事实根据。但是她毕竟是日本人呀，而且她哥哥又来找她了，她哥哥又是日本军官，这些能不影响她吗？人们不安地注意着，不久，她果然到西城"宣抚班"为侵略者"服务"去了……

汪太太哥哥的来访，汪太太以一个日本籍中国教授夫人的身份，操着一口流利的北京话，穿着中国式旗袍、秋大衣，柔顺地去到"宣抚班"上班，拿着小旗子去各处"宣抚"，让北京人做侵略者的"顺民"，这些事震动了这个大院，太可怕了，人们疏远了她，孩子们也不再愿意跟她的儿子、女儿玩了。"宣抚"者，宣是宣传，抚是安抚，这是侵略者每侵占一个中国地方后，首先成立的汉奸机构，当时西城"宣抚班"就设立在西单商场边上槐里胡同东北军阀万福麟的那所房子中，本是院中邻居们去西单商场的必经之路，可是因为设立了这样阎王殿般的机关，人们把槐里胡同也视为鬼门关，宁可绕点路走，也不愿意再经过这个鬼地方了。

汪太太的孩子们少年气盛，同仇敌忾，既敌视他们的那个佩戴着少佐肩章的舅舅，又不满意他们的母亲，平时极为欢乐、活泼的家庭，这些日子，被一块铅压住了。汪太太为难了，丈夫、儿子、女儿、家庭、中国、和平……是一方面；哥哥、祖国日本、军队、战争、侵略、烧杀……是另一方面。"宣抚班"的人出来身上斜挂一条白布写着黑字的带子，汪太太我没有看见她挂过，这短短的几天中，她出来入去，默默无言，日本妇女是柔顺的、平静的，这矛盾她如何解脱呢？邻居们同情她、期待她，也为她发着愁。

第一步解脱很快到来了，她那个日本军官哥哥没几天就离开"宣抚班"，跟着军队又到别的地方侵略去了。她哥哥一走，给了她一个辞去职务的机会，她不再去"宣抚班"了。她在家中很少外出，把佣人也辞退了，关住门带着孩子们过日子。她的小儿子正好考入初中，市立第三中学，她又买了一部自行车给孩子骑了上学，安静、沉着地生活着。

院中新搬来一家汉奸新贵，把花园中一大片地方用篱笆圈起来，占为己有，孩子们玩耍的地方小了，她大儿子同那个人吵了起来，得罪了那个人，她连忙带着儿子到那个说一口流利日语的汉奸家中，用日本妇女特有的九十度的鞠躬向那个家伙赔礼道歉。

　　一年过去，她不声不响地带着孩子们经天津、坐船到香港，辗转去了昆明，汪先生在西南联大教书了。从此西南联大的人们，都知道有一位汪教授的太太是日本人，是一位善良、和顺、沉着坚定有正义感的日本妇女。抗战胜利，他们去了台湾大学，怅望海云，怎不教人思念呢？